The Complete Bobby Muldoon Trilogy

Bobby 'Chicken Legs' Muldoon

Life in The Gorbals

Kate Donne

The Complete Bobby Muldoon Trilogy

Published in 2018
with the help of Lumphanan Press
9 Anderson Terrace, Tarland,
Aberdeenshire, AB34 4YH

www.lumphananpress.co.uk

Grateful thanks to John Cleare
for permission to use his photograph on the cover.

Printed & bound by ImprintDigital.com, UK

ISBN: 978-1-9999039-9-2

For my husband, Steve.
The love of my life.

Over the past two years I have been encouraged and supported by so many amazing people. There are too many to mention individually but you know who you are!

So… to my family and friends, my Gorbals contacts and my publishing team… thank you so much. Without you, this trilogy would not have been possible.

Contents

BOOK I

The Wit and Wisdom of Bobby 'Chicken Legs' Muldoon

1. Chicken Legs | 13

2. Bra Straps an Custard | 21

3. Archie's Revenge | 28

4. Freedom | 35

5. McManus | 39

6. The Workies | 44

7. Granny an the Bag o Mince | 50

8. Santa's Little Helper | 60

BOOK II

Life and Love in The Gorbals

1. Bah Humbug | 69

2. Auld Lang Syne | 73

3. Action Man | 82

4. Bobby's Close Encounter | 86

5. Coonsellin Clap Trap | 94

6. Jeannie | 99

7. Archie's Shindig | 109

8. Happy Families | 118

BOOK III

Fame and Fortune in The Gorbals

1. Ructions at the Reilly's | 133

2. Big Bella's Ballsup | 140

3. Eckie's Guid Deed | 148

4. The Music Man | 154

5. Fitba' Crazy | 159

6. The Day We Went Tae Rothesay-O | 163

7. Man or Moose? | 168

8. Bobby and the Brickies | 173

9. Faither Bites Back | 182

10. The Ghosts o' Christmas Past | 189

11. The Geezer oan The Green | 195

12. Bobby's Big Break | 200

About the Author | 207

BOOK I

The Wit and Wisdom of Bobby 'Chicken Legs' Muldoon

1 | Chicken Legs

Robert James Muldoon. That's me. Fifteen years auld, four feet three, bright red hair an legs like a chicken. Ah didnae get a very enthusiastic welcome tae the world. Ma maw spent months convincin ersell ah wis a lassie an ma faither telt me that, when ah wis born, she took wan look at ma willie an ma carrot heid, let oot a blood curdlin scream an went intae a deep depression. Nice tae know ah wis er pride an joy.

Ah live in The Gorbals, Glesga. Thur's jist me, Maw an Faither. We've gote a flat oan the tenth flair o a twinty storey highrise. When it wis first built, some folk raved aboot it, sayin it wis a 'state o the art' buildin, jist like in America. Other folk said it looked like Barlinnie or Alcatraz. Tae me, it's like livin in a great big filin cabinet wi hunners o faimlies aw squashed intae the drawers. Ah like it here though. It's a lot better than the single end we yased tae live in cos that wis mingin. Thur wisnae space tae swing a cat an it wis cauld, miserable an runnin wi damp. Dead depressin.

Ah remember the day we moved tae the new hoose cos Maw wis excitit an that's no somethin ye see very often. Ah mind the look oan er face when she walked in the front door. She said it wis like walkin intae a mansion. She wis ower the moon cos it hud electricity, a bran new kitchenette, a bath an hot water. Thur's loads o space here. We've gote a livin room an kitchenette upstairs an then a wee set o stairs doon tae the bedrooms an bathroom. Nae mair sharin an ootside cludgie wi aw the neebors like in the auld hoose. That wis torture. Ye'd be desperate fur a jobbie an the wan afore ye hudnae hung up the key fur the door. No a good situation. Ootside the bedroom thur's a big concrete balcony where ye kin sit an huv yer tea. Faither's pit boxes o plants aw roond the edges an that's ees wee gairden. Maw hings er washin oot there tae an ah remember wan time, when it wis dead windy, aw oor clathes blew aff the line an Maw's big knickers finished up doon the road oan the church steeple. Embarrassin.

Ah wis chuffed cos thur wis hunners o weans livin in the new place. The tower block hus big long corridors an ah mind we yased tae run up and doon thum oan oor bikes. We hud a big play bit underneath the buildin an ah remember the guid times playin kick the can an tig. If we gote hungry we wid shout up tae the balconies till someb'dys maw flung oot food fur us. Saved us goin up an doon in the lift aw the time. Oot came the jeely pieces, aw wrapped up in greaseproof paper. We'd watch thum flyin doon an dodge aboot till we caught thum. Then we'd huv a wee picnic an get back tae oor games. Ma favourite wis 'chap an run'. We'd belt up an doon the stairs hammerin oan aw the doors an runnin away. Drove the neebors up the wa. Then they wid tell ma maw an ah'd get a skelp oan the back o the heid fur it. Maw's built like a boxer an every time she near knocked ma heid aff ma shooders. It's a wunner ah nivver gote brain damage. If it wis rainin we wid play in the corridors, singin an drummin oan biscuit tins wi wooden spoons an that. We wur aye gettin telt tae shift. Oor neebor, Aggie Smith, wis a crabbit auld witch. Hud a voice like a foghorn. She wid fling open er door an bawl er heid aff.

'Will you lot bugger aff! Ma man's oan night shift. Away an make a racket somewhere else!'

She's deid noo. Choked tae death oan a lump o McGowans toffee. Served er right.

When ah wis wee ah hud plenty pals tae play wi an ah wid kid oan they wur aw ma brothers an sisters. Compared tae aw the ither faimlies in the highrise, oors wis jist a wee wan. Ah mind ah asked Maw wan time how come she nivver hud mair weans, jist me. Then ah hud it, right between the eyes.

'Mair weans? Yer bloody jokin. Ah hud a bellyfu' o you wi aw yer shite an sick an screechin. Ye nearly pit me in the loony bin.'

No exactly whit ah needed tae hear. A real confidence builder.

She's a right bruiser, ma maw. Er real name's Ena but we named er efter Maw Broon oot the *Sunday Post* cos she's er double. She's even gote that bun thing stickin oot the back o er heid.

Ma faither's jist 'Faither' tae me. Ah wis six afore ah knew ees real name wis Alec. He hud the same red hair as me but noo ees only gote wan bit left that goes across ees heid fae wan ear tae the ither.

It's dead stupit lookin. Ah huv tae stoap masell cuttin it aff when ees sleepin. That wid jist get me grounded so thur's nae point. Ah feel dead sorry fur Faither cos Maw's a right nag. Dae this, dae that, fix this, fix that. He disnae get a minutes peace an disnae get a word in edgeways. Think he gave up tryin years ago. Ees a guid man, ma faither. He wis a jyner but he cannae work noo cos ees gote anthrax, that thing where ees fingers ur aw twistit. That disnae stop um makin things though. Ah mind at the auld hoose he built me a gang hut oan a wee bit waste grund in the back court. Made it wi bits o floorboards an rope an branches an that. It wis braw. Hud a bit o auld carpet oan the flair an a wee table fur us tae play snakes an ladders oan.

'There ye go son.' he said. 'That'll let ye get a bit o peace when yer needin it. Ah've made ye a sign fur the door an aw. Jist in case moanin Minnie comes doon an tries tae pit er neb in.'

The sign said 'Nae big folk allowed in here. Only wee weans.'

'Dae ye like it son?' Faither looked aw proud.

'Like it? It's the bestest thing ever. Ah cannae wait tae show ma pals.'

We wur in there every day efter school. Gote me away fae Maw's crabbit face. Wan time ah thought it hud went oan fire cos thur wis smoke pourin oot the roof. When ah opened the door, there wis Faither, aw scrunched up, puffin away oan ees pipe. Ah knew fine it wis tae get away fae Maw fur a wee while so ah sat wi um an we played Tiddlywinks till we gote shouted oan fur oor dinner. We still play games when Maw gies us peace. He lets me win every time an then he laughs an says 'Ye've beat me again son. Yer gettin too good fur me.' Ah like hearin um laugh. He disnae dae it very often. Maw nivver laughs. The best she kin manage is a wee smile noo an again an that's usually when she brings er scones oot the oven.

Naeb'dy calls me by ma right name. No even Maw an Faither. They named me Robert but they call me Bobby? Noo, why wid onyb'dy gie thur laddie wan name then chinge it tae a different wan? Makes nae sense tae me. Ah've hud loads o nicknames an aw. Mibbe that's cos ah'm dead skinny. Ah look as if ah could dae twinty lengths o a bird bath. At the wee school ah hud tae wear short troosers so that's where ma nickname 'chicken legs' came fae. That's where it startit. The slaggin. Ah remember wan time it gote that bad ah came hame greetin tae ma maw.

'Maw, the laddies at school ur makin a fool o me.' Ah wis

beside masell. 'They made up a song aboot me an they wur aw roond me, chantin *Cluck cluck chicken legs, he kin lay a dozen eggs*.' She wis cleanin the cooker an didnae even turn roond.

'Jist deal wi it.' she said. 'Ye *huv* gote chicken legs. Ignore the wee shitebags.' Good yin Maw. Very supportive.

Ah'm at the high school noo but the slaggin husnae stoapped. The wee hard men startit wi 'Carrot top', moved oan tae 'Ginger nut' an then it wis 'Boabby'. Nice one. Fur ages ah wis stuck wi the same name as ma willie. Tae make it wurse, ah huvnae developed like the laddies in ma class. Thur aw gettin muscles an bum fluff oan thur lips but ah'm still the same as ah wis when ah wis ten. Whit chance huv a gote. Ah cannae staund up fur masell either. Ah blame ma maw fur that tae. She nivver took ma side aboot onythin. Like the time wan o the big laddies at school tried tae strangle me in the playgrund.

'Dry yer eyes', she said. 'Ye mustuv deserved it. Ah could strangle ye masell sometimes.' Ah could strangle her tae but ah widnae risk sayin it. She's weird, ma maw. She's gote this thing aboot durt an ye nivver see er withoot er Brillos an a bottle o bleach. If ye staund still ye get sterilized. When she goes tae the Co-op fur er messages she wears a pair o pink rubber gloves cos she's convinced she's gonnae get a disease aff the shoppin trolleys. Noo that, tae me, is no normal. Naw, ah jist think she's aff er heid. Simple as that. Aw oor clathes gets bleached, starched an ironed. She even manages tae get a knife edge pleat doon the front o ma trackie troosers... an who ever heard o onyb'dy starchin underpants? Nae wunner ma groins ur aw chaffed. Ma faither's shurts get the same treatment an he looks as if someb'dy's chokin um.

As if that's no bad enough she makes um wear a tie aw the time an then hus the cheek tae look surprised when he gets friction burns oan ees neck. He disnae argue wi er though. Naeb'dy argues wi ma maw. Fur Faither an me, life isnae easy wi er. She's gote this obsession wi things bein in the right order. It's scary. She's jist pounced oan the kitchen cupboards again. Second time this week. Thur's a manic look oan er face an she's draggin everythin oot an pittin it aw back in, lined up in wee Tupperware boxes wi labels oan thum. It's sad. Thur aw in alphabetical order tae. A tae Z, fae left tae right. *Almonds, Bisto, Coffee... Drinkin Chocolate, Egg Powder, Flour.* Ah couldnae resist it. Ah chinged some o the labels. *Almonds, Bisto, Coffee... Diarrhoea, Ear-wax an Fanny*. She wisnae amused. 'If ye touch ma Tupperwares again ah'll knock ye intae next week. Yer grounded.' Ah made a quick exit.

Ah huv a great time windin Maw up. Ah play tricks oan er aw the time. Onythin tae get a bit o humour in the place. Ah thought the bath wan wis genius. She convinced ersell ah wis gonnae droon so she wid staund ootside the door an keep shoutin tae check ah wis awright. Ah nivver gote a minutes peace. Yin time ah ignored er. Ah pit ma heid under the water an lay there, dead still, wi ma eyes wide open, starin at the ceilin. She burst in an near hud a heart attack. Noo she says she disnae trust me so, every time ah go in the bath, she sits oan the lavvie pan readin er *People's Friend*. Ah huv tae pit in a load o bubbles tae hide ma embarrassment. Ah'm fifteen fur Gods sake. It's no decent.

When ah think o aw the weird things Maw does, thur's wan that takes the biscuit. She's gote a vacuum cleaner as a best pal. She's named it 'Dolly'. She fair picks er times tae push it roond the the livin room tae, jist as me an Faither ur listenin tae the fitba oan the radio. Ah think she does it oan purpose. Three times a day it comes oot. She shouts 'up' an ma faither's legs catapult intae the air. Then he sits there lookin like ees gote *rigor mortis* while Dolly massacres the carpet. It's a wunner thur's ony fluff left in it. Wan time ma ears wur ringin that bad wi Dolly's dronin, ah took the fuse oot the plug when she wisnae lookin. She wis wailin an greetin like someb'dy had snuffed it. Ah couldnae staund it so ah pit the fuse back in. Ah huv tae admit ah felt a wee bit guilty when ah hud extra pocket money fur fixin it.

Ah think ma faither's really clivver. Ees jist built a telly. Ah helped um cos ees twistit haunds made it hard fur um. The day we made it Maw wis goin tae ma auntie May's so we waited till she wis away. We yased a saw tae cut oot a square in a big wooden box an we pit this tube thing inside it wi a screen at the front. When it wis finished we emptied Maw's weddin china oot the dresser, moved it tae wan side an pit the new telly in pride o place in the corner o the livin room. Then Faither fixed aw the wires an we plugged it in.

'Maw'll be the talk o the Gorbals Faither. Ah think she'll be dead chuffed, eh?'

'Ah hope so son. She kin watch the cookin programmes an you an me kin watch the footie.'

Faither switched it oan. It wis jist a load o black, squiggly lines at furst but then, like a magic trick, the black an white picture startit up. Ah wis dead excitit. Ah couldnae wait fur Maw tae get in. When she did she jist stood lookin at the telly wi er face trippin er. Then she stormed ower an switched it aff.

'If ye think ah'm pittin up wi that monstrosity, ye've anither think comin. It's a bloody eyesore.'

We hudnae hud time tae clear up the tools an sawdust an aw the china fae the dresser wis stacked up in piles oan the flair. She let rip at ma faither.

'Whit the bloody hell huv ye done tae ma livin room. Get that thing shiftit right noo… an ye kin pit ma dresser back the way it wis… oh, an while wur at it, ah hope yer no expectin me tae clear this lot up while you're sittin there twistin yer knobs so ye kin jist get yer arse aff that chair an get startit.'

Faither jist sucked in ees cheeks. Then she let rip at me.

'An you kin shift an aw. Gie yer faither a haund then get tae yer room an dae yer hamework.'

We didnae argue wi Maw that day. Nae point. We pit everythin right an moved the telly tae the back o the room. Faither wisnae happy but he didnae say onythin, he jist went oot. If ees annoyed aboot somethin he jist goes tae ees allotment an talks tae ees cabbages. That gets it oot ees system. Ah went tae ma room tae dae ma hamework. Whit a disappointment.

When Faither gote back in, there wis Maw, sittin wi er feet up oan the pouffee, drinkin tea an watchin *Coronation Street*. In this hoose thur's wan set o rules fur Maw an anither set fur us. It's shite. When ah said ah wis in ma room daein ma hamework ah wis lyin through ma teeth. Ah wis readin ma *Beano*. Ah hate school an ah'm no stayin fur much longer onyway so whit's the point o hamework?

All ah huv tae dae is talk Maw intae lettin me leave. She says ah've tae stay oan till ah'm sixteen an be a jyner like ma faither. Ah say ah'm gonnae leave tae be a plumber. Fur a wee laddie wi chicken legs an a maw built like a prize fighter, this is no gonnae be easy.

2 | Bra Straps an Custard

Six months an hunners o arguments later an ah'm still no winnin. Ah'm still at school. Maw keeps sayin thur the best years o ma life.

'Ah dinnae want tae hear anither word aboot ye leavin the school, dae ye hear me? Ye've gote wan chance tae make somethin o yersell an if ye leave noo ye'll jist turn intae a layaboot wi tattoos an a prison record. Ye'll sit an watch telly, drink beer aw day an end up pished every night. Ah'm no huvin it. Yer stayin till yer sixteen then ye kin be a jyner like yer faither. Ye'll ayeways huv work if yer a jyner an that means food oan the table an a roof ower yer heid so shut yer bloody mooth aboot leavin. Dae ye hear me?'

'Aye Maw. Ah hear ye.'

Ah leave it fur a week an try again.

'Whit's the point Maw. Ah hate it.'

'How many times dae ah huv tae tell ye. Yer stayin oan so shut yer gob.'

'But if ah wis a plumber ah could fix yer taps an stuff?'

'Ma taps ur jist fine an yer gonnae be a jyner. No a bloody plumber.'

'But jist say ah *wis* a plumber an we hud a burst pipe...'

'Ah'll burst *you* in a minute. Shut it. Yer stayin oan.'

'But...'

Skelp. Mair brain damage.

So that's it. End o story. Ah've tae stay oan. It's stupit cos ah'm no learnin a thing. Nothin that's gonnae help me be a plumber onyway. Ok... ah kin tell ye aw aboot the Battle o Bannockburn but ah cannae see how that'll help me fit an immerser. Ah jist dinnae see the point. An onyway, the lessons ur a load o shite. Take the Art class. Ye sit at a wee desk wi a stick o charcoal, pit yer haund oan a bit o paper an draw roond it. Noo, that's really gonnae get me places. Bloody stupit if ye ask me.

The Art teacher's an eejit. Spends aw ees time pingin the lassies' bra straps. Naeb'dy likes um but he kin draw brilliant. Every week he draws someb'dy in the class an we get tae take it hame. Wan time he gave oot the wrang drawin. Big Magrit wis pure starkers in it. Er faither came stormin up tae the school, battered intae the classroom, punched the sleazebag in the face an broke ees nose. Thur wis blood aw doon the wa an the polis wur everywhere. It wis dead excitin.

Thur's some mental stuff goin oan in ma classes. Wan time in woodwork we wur makin a letter rack an wee Mikey totally lost the heid. Stabbed the teacher in the airm wi a chisel an gote done fur assault. Wisnae auld enough fur Barlinnie but he gote pit intae a place fur laddies that dae bad things tae folk. He turned tae religion an went tae India tae build mud hooses fur poor folk. The teachers ur aw a bunch o misfits. Specially the cookery wan. Ye jist huv tae look at er the wrang way and she bursts intae tears. Course, we help er along a wee bit. Nothin too dramatic. Dinnae want tae gie er the full nervous breakdoon. Jist enough tae get er goin. Aw we huv tae dae is start an egg fight an up she goes, screamin an tearin at er hair, yellin like a banshee.

'Deliquents. That's what you are. Every last one of you. Juvenile delinquents.'

Ah heard that she's leavin cos she's gote depression an she's gonnae write a book called *Coping with Panic Attacks*. Jist hope she appreciated oor help wi er research.

The Religious Education teacher's a hippie that writes folk songs. Ees no bad but ees gettin the sack fur huvin sex wi a sixth year in the cleaners' cupboard. Bet God isnae well chuffed wi him.

Ah quite like school dinners but everthin hus custard oan it. We spoon it intae the lassies' schoolbags when thur no lookin. They gote me back yisterday. Three o thum jumped me at the back o the bike sheds, pinned me doon an ah finished up wi muckle great luv bites aw ower ma neck. Ma Maw nivver seen thum, thank fuck, cos ah wis smart. Ah wore a polo neck.

Ma favourite's the Biology teacher, Mr Dickson. Sex education's a right laugh. He shows us pictures o rude stuff. When ah look at thum ah feel aw weird doon below. Ah ayeways thought Biology wis aboot cuttin up frogs an that but ah think ees squeamish so he jist pits oan a slide show. It's pictures o lassies' privates an he keeps leavin the room fur some reason? Weird.

Ah couldnae believe it wan day when he taught us how tae wipe oor bums.

'Now remember children. Front to back, not back to front or you may develop a serious infection and have to go to your doctor for antibiotics.'

Ah couldnae sleep fur a week efter that, worryin. Ah wis that feart ah couldnae 'go' an ma stomach swelled right up. Maw's castor oil soon fixed it though.

Naw, it's nae use. Ah hate school. Ah cannae take much

mair. Loads o ma class huv left noo but Maw still says that ah'll huv mair chances if ah stay oan an keep learnin stuff. Whit she disnae realise is that up till noo ah've learnt bugger aw. Ok… ah kin draw ma haund, make treacle scones an a letter rack, recite the *Lord's Prayer* an wipe ma bum the right way. Great. Naw… ah need tae think o a way tae get oot. Mibbe if ah set fire tae the place, or brek aw the windaes, or get a lassie up the duff… huh, nae chance o that. Ah huvnae gote the nerve tae talk tae a lassie, ah huvnae ever winched a lassie an ah definitely huvnae gote a clue how ye dae onythin durty wi a lassie. They dinnae gie me the time o day cos thur aw far too busy swoonin ower big Gordie, the school stud. Ees six feet wi blonde hair an he looks like wan o they movie stars. Lucky bastard. That's whit gave me ma brainwave. Ah dinnae huv thum very often so ah wis convinced this wan wid work. Ah thought it must be ma carrot heid that wis pittin lassies aff so ah decidit tae dye it wi Maw's bleach. Ah thought that wid get rid o the red. It didnae. It turned bright yella. Ah wis panic stricken so ah went tae the shop an bought a 'Bleached Bombshell' kit. The packet said it would turn me intae a honey blonde. Did it fuck. Ah ended up wi an inch o red, an inch o pink an the ends wur still pure yella. Tae make it worse it went that dry it wis stickin oot like a lavvy brush so, alang wi ma sweat problem, ah looked like a meltin rainbow ice lolly. When ma maw saw it she totally lost the heid.

'Whit the fuck…' she looked horrified.

'Ah kin explain Maw…'

'Yer bloody right ye kin explain. Whit the hell did ye think ye wur daein?'

'Well, ah hud this brainwave an…'

'Ye kin stoap right there. Ye huv tae huv a brain tae huv a brainwave. Whit a bloody mess.'

'Ah thought if ah wis blonde like big Gordie at ma school then the lassies wid like me.'

'Lassies? Dae ye honestly think ony lassie wid gie *you* the time o day? She'd huv tae be blind wi a white stick. Right. Get doonstairs tae Big Bella an tell er ah sent ye.'

Aw naw! No Big Bella! She's no a real hairdresser, she's a dug groomer an she does haircuts in er hoose, dead cheap. This is a nightmare. When ah complained tae Maw she jist widnae huv it.

'Dae whit yer telt. Get aw that hair shaved aff an tell er no tae charge ye. It kin be payback fur me lookin efter er hamster. Noo get movin before ah shave yer heid masell. Move it!'

Looked efter er hamster? Ah think Maw gote that yin wrang. Ah mind o it. She said it wis a stinkin wee rat an left it ootside in the corridor. The pair wee thing froze tae death.

Jist as ah expectit, ma hair's a bloody mess. Aw ah'm left wi is hauf an inch o ginger fuzz an a big bald patch where the dug clippers slipped oot er haund. Ah couldnae tell Big Bella ah wisnae payin. Ah telt er Maw wid haund the money in. Next time ah huv a brainwave ah'm gonnae ignore it an kid oan it didnae happen. Nae chance o a girlfriend noo.

Ah cannae stoap thinkin aboot lassies an ah start dreamin aboot thum every night. In wan o ma dreams ah'm a honey blonde wi biceps an the lassie is stunnin. She's gote wan o they mini skirts oan. Aw the lassies ur wearin thum. The wee bit material jist covers thur arses an nae mair an they strut aboot, wigglin thur bum cheeks. At the school the laddies hide under the stairwell waitin fur the bell. Then aw the lassies come runnin doon the stairs an we get a good view o thur knickers. It's some sight.

Onyway, in ma dream this lassie an me ur haudin haunds an kissin an goin fur walks in the woods an that. Then, jist as wur aboot tae dae durty things, ah wake up. Ah pluck up the courage tae talk tae ma faither aboot the dreams an the wet patches oan ma bed sheets.

'That's normal fur a laddie o your age. Dinnae worry aboot

it. Ye'll understaund it when yer a bit aulder. Dinnae wish yer life away son. Jist be natural an talk tae the lassies an it'll happen. Aw ye need is a bit mair confidence in yersell. Ah understaund it's hard fur ye. Ah've spent years tryin tae get some fur masell an ah still huvnae managed it. Yer Maw's made sure o that.'

So that's it. Tae get a lassie aw ah need is some confidence. Trouble is ah huvnae gote a clue whit that is so ah'm gonnae huv a look fur someb'dy that's gote some. Next day at school ah look aroond. It disnae take long. Big Gordie's daein ees usual in the corridor, leanin against a pillar wi a group o lassies roond um. They've aw gote stupit grins oan thur faces an thur screechin wi laughter every time he opens ees mooth. He disnae wear a blazer. He struts aboot in a tight shirt wi the tap button open an ees tie jist hingin there, dead casual like. Ok, ah get it. Here goes. Ah take ma blazer aff, open ma shirt an fix mah tie the same.

Ah'm beginnin tae understaund this confidence thing. Ah'll nivver be six feet like Gordie but it's obvious ah've gote tae be funny so ah'm gonnae try it.

Ah see Sharon and say 'Hi'.

Nae answer.

'Hey Sharon… whit's red an bad fur yer teeth?'

Long silence.

'A brick.'

Ah wait fur her tae crease ersell laughin but she jist says 'Get tae fuck' an legs it. This is gonnae be harder than ah thought.

Ah decide tae stick wi big Gordie fur a while an get mair tips. Ah listen tae um as he chats up wan lassie efter anither. Ees sayin he works oot three times a day an ees lettin them aw squeeze ees biceps.

Ah look a bit closer. Whit's that thing ees daein wi ees mooth? Keeps liftin ees lip up an doon like Elvis. Onyway, the lassies ur aw gigglin so it must be workin. Ah find a windae tae get ma reflection an pit ma mooth the same as Gordie. It disnae work. Ah look as if ah've hud a stroke.

Ah'm determined tae master this confidence thing so ah follow Gordie alang the corridor. Ah notice he walks wi a bit o a swagger an swings ees airms fae side tae side. Ah try it. Ah'm jist gettin the hang o it when the school nurse sees me.

'Oh my goodness Robert! Are you alright dear? What on earth has happened to your legs?' Ah dinnae even try tae explain.

Nane o this is workin. Ah cannae tell jokes, ah cannae make ma mooth move right, ah'm nae guid at swaggerin an ah'm sweatin like a pig wi the effort. Ah'm jist aboot tae jack it in when ah see er, squashed intae a corner, bright red hair an skinny wee legs, jist like mine. Tears ur streamin doon er face. Ah get a bit closer.

'You awright?'

Nae answer.... jist mair tears. Ah kin tell whit she's greetin fur. It's the slaggin. Noo, ah dinnae usually go onywhere near lassies an ah huvnae a clue where it came fae but ah move in an gie er ma hanky. She takes it an wipes er face.

'Thanks.'

'Nae bother.'

She looks at me an ah kin tell she thinks ah'm the bees knees. We start walkin doon the corridor. Carrot tops th'gither we dinnae huv tae say a word. Noo ah understaund whit confidence is. Ah think ah've gote a girlfriend. Bobby Muldoon wi a girlfriend? How good is that, eh? How unbelievably, fuckin good is that!

3 | Archie's Revenge

Ma carrot heid girlfriend chucked me efter a week. Ah wis near greetin.

'How come ye dinnae want tae go oot wi me ony mair Charmaine?'

'Ah'm sorry Bobby. Ah really like ye but ma da says ah'm too young tae be goin oot wi laddies an ah huv tae concentrate oan ma school work so ah kin be a nurse.'

Ah wis dumped but ah wis glad it hud nuthin tae dae wi ma carrot heid or sweaty oxters so ah jist said fair enough an that wis it. Ah wis jist gettin there wi er tae. Jist aboot tae try an kiss er an stick ma haund up er blouse. Noo ah widnae get the chance. Ah couldnae stoap thinkin aboot er but ah hud tae face it. She wis gonnae be a nurse an that takes a shitload o brains so er da wis quite right ah suppose.

Oan ma way hame oan Friday ah fund oot the real reason. School work ma arse. Big slimey git Gordie hud moved in an stole er aff me. There they wur, winchin at the bus stoap. Ah wis gutted. Ah hid roond the corner an spied oan thum. He wis daein ees usual Elvis mooth thing an she wis screechin wi laughter jist like aw the ithers. Bastard.

Noo ah'm desperate. Ah cannae stay at school fur anither six months an watch thum sookin the faces aff each ither. Its nae use tryin tae persuade Maw tae let me leave cos she isnae listenin so ah'm gonnae go an speak tae Archie. He gies me guid advice oan problems an that. Ees been ma faither's best mate fur years an he wis aye in oor hoose but no sae much lately. Maw kept makin um take ees boots aff at the door and then aw the time he wis in she moaned the face aff um.

'Will ye watch whit yer daein wi that biscuit Archie. Yer drappin crumbs oan ma carpet an ah've telt ye afore tae pit a coaster oan ma table. That cost a lot o hard earned money an yer leavin marks oan it wi yer cup.' He says ees no comin back cos she does ees heid in.

Archie's a big man. Ees no been tae a barber fur years an ees gote a load o grey hair wi a pony tail hauf way doon ees back. He wis in the Navy durin the war but he didnae see ony fightin. The Government sent um tae Australia an forgote he wis there. When he gote back the war wis finished. I like listenin tae aw ees stories. Like the wan where he wis daein a weldin joab oan wan o the ships. He lit ees blow lamp an left it oan a ladder, forgote aboot it, turned roond an burnt aw the freckles aff ees face. Left um wi big pock marks. Mibbe that's how he cannae get a wumman. He disnae seem tae be bothered though. We get oan great, me an Archie, an he'll be pleased tae see me cos ah nicked a couple o ma faither's beers oot the sideboard fur um. He likes ees bevvy but ah've nivver seen um staggerin wi it. Every time ah see um he tells me ees gonnae live till ees a hundred an then he cracks the same joke ah've heard a hunner times afore.

'If ye want tae keep somethin fur a long time Bobby, jist steep it in alcohol.'

Ah make a point o laughin. That pleases um. Archie's in the highrise next tae oors. Trouble is, the lift's broke an ees oan the sixteenth flair. By the time ah get tae ees flat ah cannae breathe cos ma lungs huv collapsed. He opens ees door.

'Aw, it's yersell Bobby. Come away in son an sit doon afore ye fa doon. It's some hike wi nae lift eh?' Ah cannae answer um cos ah cannae breathe right.

'Nivver mind, yer here noo an ye brought beer tae. Yer lookin awfi doon in the dumps son. Ah take it Mrs Motormooth's at it again?' Ah jist nod ma heid cos it's aw ah kin dae.

'Aye, thought as much. You get yer breath an ah'll get an opener. Then you an me kin huv a wee swally an ye kin tell me whit's up.' Ah sink intae a chair.

Archie goes intae ees kitchen an oot comes Skippy, ees wee three-legged dug. It's wan o they wee broon wirey wans an it's a bloody shame cos it cannae walk right. Hus tae skip an hop aw the time. Must be knackered. Tae make things worse it grew a weird wart oan the end o its nose an gote its ear bit aff in a dug fight. No much goin fur it. Ah kin relate tae that. Onyway, aw they afflictions dinnae seem tae bother it cos it aye wags its tail when it sees ye. Ah gie it a pat oan the heid an it licks ma haund. Ah've been wantin a dug fur ages but Maw says she's no pittin up wi the hairs so ah'm no allowed wan. Ah've nivver hud a pet. Ah mind ah won a goldfish at the shows wan time an Maw flushed it doon the lavvie. Said it wis too much work tae clean it oot aw the time. Archie comes back wi the opener. Ah huvnae ever hud drink afore but ah dinnae tell um that. Ma breath's back so ah take a sip oot the bottle. It tastes like shite so ah jist kid oan ah'm drinkin it. Then ah tell um aboot aw ma arguments wi Maw an aw the slaggin an the Charmaine stuff an ma misery wi school an that. He says he feels sorry fur me, specially huvin tae pit up wi Maw. Ah tell um that if a hud a joab she might say ah kin leave.

'Trouble is Bobby, she's yer maw an at the end o the day an she hus the last say. Once yer auld enough ye kin make yer ain decisions but fur noo ye huvnae gote much choice. Ah'll see whit ah kin dae aboot a joab fur ye but ah'm no makin ony promises. Noo, cheer up son. Let's finish oor drinks an we kin take Skippy tae the park. We'll jist sit an dae some people watchin, eh?'

Archie goes tae get the dug's lead. Ah'm no sure whit tae dae wi the beer an ah dinnae want tae hurt ees feelins so ah pour it intae ees spider plant. Drink's no fur me.

When we get tae the park we sit oan the bench an Archie talks aboot ma faither an aw the things they gote up tae when they wir wee. It disnae sound like Faither. He disnae seem as happy noo as he wis in they days. Archie says that Maw hus made um like that. Ah kin understaund whit he means. She makes everyb'dy aroond er miserable.

Archie sits an reads ees paper an ah'm enjoyin masell watchin Skippy hoppin aboot. Ees a happy wee dug. Then thur's a disaster. The wee thing lifts it's leg up fur a pee an collapses tae the grund. Mustuv gote a fright cos it jist lay oan its back, wi its three legs stickin up in the air. Next thing, we hear aw this shoutin. A crowd o neds ur makin a right fool o the wee thing. Laughin an swearin like troopers. Bunch o shites. Spend every day hingin aboot drinkin Buckie cos they cannae get joabs. Then, efter thur aw pissed, they dae nuthin but cause a load o grief.

Archie's fumin noo. He picks up ees dug an careers up the road, face like a beetroot, mutterin under ees breath. Ah run efter um but ees a big man an ma wee legs cannae keep up. When he gets inside the buildin, he slams the door near aff its hinges. Ah decide ah better leave um till he calms doon a bit so ah jist go hame.

Oan the Sunday ah wis worried aboot um so ah go roond tae the flat wi some o ma maw's hamemade soup. He disnae answer at first but ees in cos ah kin hear aw this laughin so ah gie um a shout through ees letter box. He lets me in. Ees pal's there, Geoff, a retired jyner an awfi good wi ees haunds. Sells a lot o nice stuff at the car boot oan a Sunday. Ah cannae believe ma eyes when ah see whit thur daein. The pair o thum huv made the dug a wee wooden leg oot o MDF. It's dead realistic lookin cos they've stuck wee bits o curly, broon wool oan it. Archie's neebor, Betty knits a lot fur the church jumbles an she ayeways hus plenty spare wool in the hoose so that's likely where it came fae. Onyway, the leg hus a harness oan it an thur busy fittin it oan the dug. It looks dead good. Wee Skippy's jist staundin there, leanin tae wan side cos the wooden leg's longer than the ither three. The dug looks confused. Ye'd think wi aw ees experience jyner Geoff woulduv gote the measurements right.

We aw go tae the park. Archie pits Skippy doon, shoves the wooden leg intae the grass and says 'Stay'. The dug's definitely in oan the act cos it staunds dead still, solid, no even blinkin. We sit doon oan the bench an wait. Right enough the yobs arrive, ready tae start creatin. They take wan look at the dug and thur mooths drap open. We keep oor faces dead serious.

'Whaur's yer stupit wee three legged dug the day then Grandad?' says yobbo number wan.

'Ees right there' says Archie, pointin at Skippy, dead calm like.

Yobbo two steps in.

'Aye right. That dug's gote aw its legs.'

Skippy's still jist staundin there. Ah'm sure ah kin see a wee grin oan ees face.

Yobbo one whispers tae yobbo two.

'That is the same dug. It's gote that nose wart thing an wan lug.'

Yobbo two screws up ees ugly wee face an peers at the dug.

'So it hus. How's that then? It only hud three legs yisterday an noo it's gote thum aw. Naw, nae chance.'

The three o us sit there, no sayin a word, lookin straight at the yobs. Then Archie pipes up.

'Huv youse lot no heard o the new tablet that's oot? It's specially fur three legged dugs? Gote it fae the vet. Gave it wan an, ya dancer, it grew a new leg. Magic, eh?'

They aw jist staund gawkin at the dug.

'Haud it right there.' says yobbo two. 'Yer no makin a fool o us, ya wrinkly auld bastard.'

He starts comin fur Archie an lifts ees fist tae gie um a punch. The dug's no huvin it. It drags its leg oot the grass, dives oan the wee moron an sinks its teeth intae ees crotch. It's a sight fur sair eyes. Next second, the yobbo's greetin like a wean an writhin oan the grass, blood aw ower ees troosers. The ither wee shites have aw vanished like snaw aff a dyke. Then Skippy legs it, headin tae Archie's flat, goin fast as it kin wi three real legs an a wooden yin. It belts oot the park gates an right ower the main road. The cars ur aw at a standstill an this thing's hoppin alang wi the wooden leg clatterin behind it. When we get back tae the flat it's at the front door, waggin its tail. We get in an Archie says we need tae celebrate oor victory so he brings oot the Johnnie Walker an pours three big snifters. Aw naw. Mair drink. Ah taste it an it feels aw warm in ma belly. This isnae hauf bad. Ah gulp it doon. We're aw laughin like drains an the wee dug's lookin shattered so we gie it a chocolate biscuit fur a reward. Oot the windae we see the ambulance screamin past. We aw chink oor glasses th'gither tae toast oor success. Then we each huv three mair drinks. Ah start tae feel aw weird. Ah've nivver felt like this afore. Ah think ah need tae get hame so ah gie Skippy anither pat an stand up. Jesus. Ah cannae make ma legs move an ah'm seein double. Ma belly's oan fire, ma heid's birlin an ah think ah'm gonnae spew. Ah need tae get oot fur some fresh air.

Ah say cheerio tae Archie an Geoff an stagger doon the

sixteen flights. The fresh air hits ma face like wan o ma maw's skelps. Next thing, ah'm oan the flair, oot cauld.

Ah've nae idea how lang ah wis lyin there an when ah come roond ah've no gote a clue where ah am. Ah stagger hame an, thank fuck, ma faither's in ees bed an ma maw's at the bingo. She'd kill me if she saw me. Ah collapse intae ma bed but when ah lie doon it's worse an ah huv tae dive tae the lavvie. Ah'm sick as a pig. Whit a feelin. Ah think ah must be allergic tae drink. Ah'm no huvin it again. Next time ah'm at Archies ah'll jist ask um fur an Irn Bru.

4 | Freedom

Efter anither month o misery, ah'm still at school. The report cards ur oot. Ah bring mine hame an when Maw reads it she near collapses. She's that shocked she says it's obvious ah've wastit ma time an ah'm better aff leavin an gettin a joab as a jyner. Ah say over ma deid body.

Klinkerburn Secondary School Report
Pupil: Robert James Muldoon

Subject: Cookery | **Teacher**: Miss Crockett

Our cookery teacher Miss Crockett has retired early with mental fatigue. As a result there will be no report issued this term. Unfortunately, Robert has played a major part in causing her condition. While she recuperates she will be publishing a book entitled Coping with Panic Attacks. Any parent wishing to pre-order a signed copy should contact the school. Parents are entitled to a promotional discount. Please DO NOT send cash to the school via your child as there is a strong chance it will be spent on 20 Embassy Regal.

Subject: Biology | **Teacher**: Mr Dickson

Robert seems unsettled in class. He is constantly fidgeting under his desk and I suggest an appointment is made with his doctor. His complexion is often very highly coloured particularly during sex education. Perhaps a blood pressure check would be in order.

Subject: Religious Education | **Teacher**: Mr Goodman

Robert lacks focus and can be very disruptive in class. I feel that he has not fully grasped the concept of God as an entity and I would ask that you, as his parents, strongly discourage him from telling the younger pupils that God has a long white beard and flowing robes and sits up in heaven on a cloud drinking lager.

Subject: Art | **Teacher**: Mr Paynton

Unfortunately, Robert's examination piece has been discredited as his still life drawing of a banana and two plums had a strong sexual connotation. He appears to be at his best when he is drawing objects like taps, baths and toilet seats. He obviously has an affinity for these plumbing items. I feel this is where his artistic talent lies.

Subject: Woodwork | **Teacher**: Mr Nailer

Unfortunately Mr Nailer is still absent from work after a tragic classroom accident involving a chisel. He has however managed to write to us from his hospital bed and we very much appreciate how much effort this must have taken. Please see his short comment below. It's all he could manage.

'I would NOT recommend that Robert pursues a career as a joiner. His relationship with wood is dysfunctional.'

Subject: Arithmetic | **Teacher**: Miss Forth

Robert will never be a number cruncher. He is unfortunately a numbskull. I feel his inability to add and subtract will affect any future career plans involving numerical calculations. I recommend that he tries his hand at a trade. He would make an excellent plumber. Definitely not a joiner.

That did it. Maw finally gave in. She said the teachers knew best an if they thought ah wid be good at bein a plumber then that's whit ah should be. Whit she didnae realise wis ah'd made up an escape plan an ah'd wrote the thing masell. Well, no me exactly. Ah gote ma pal Shug tae dae it. Ees at the college. Ees dead brainy an he kin write aw the big words like the teachers wid write thum. We binned the real wan an he yased a typewriter an gote the spellin right an aw that. It wis a work o art. Maw fell fur it an ah wis gone. Freedom. Nae mair school fur Bobby Muldoon. Oan ma last day ah spoke tae Charmaine an telt er ah hud nae hard feelins aboot er dumpin me.

'Ah'm glad ye feel like that Bobby.' She looked dead nervous. 'Ah didnae mean tae hurt ye.'

'Naw, ye didnae hurt me Charmaine. Ah'm awright. Ah'm leavin onyway. Ah'm gonnae be gettin a joab soon so ah'm happy. Jist you enjoy yersell wi big Gordie.'

Ah watched er walk away lookin dead chuffed. Then ah went right roond aw the weans in the school an telt thum that she wis up the duff an big Gordie wis the faither. Rumours get roond oor school dead quick. This wan went roond like wild fire. It'll no be long till she's the talk o the Gorbals. Take that ya two timin bitch.

5 | McManus

Ah've been left school fur weeks noo an ah'm dead disappointit cos it's no as good as ah thought it wid be. Ah'm feelin depressed cos o Charmaine, ah huvnae gote ony pals tae knock aboot wi an ah'm at hame wi Maw every day. It's torture. Ma heid's burstin wi er naggin. She says if ah huvnae gote a joab then ah kin earn ma keep daein the hoosework. Ah get dragged oot ma bed a stupit o clock an ah'm made tae polish aw the furniture, dae dishes, empty the buckets an push Dolly aboot the livin room. Ah'm jist aboot tae lose the will tae live when ma faither saves ma bacon.

'Archie wants tae see ye son. Ah think he might huv word o a joab wi wan o ees mates. Ees a big noise an ees gote a buildin company. Thur daein the new hooses at Drumchapel an ees lookin fur an apprentice plumber so ah wid get roond there pronto in case it goes tae someb'dy else.'

Ma feet dinnae touch the grund gettin tae Archies. Ah'm mibbe gettin a joab. Ah run up the stairs two at a time an ah'm no even oot o breath. When ah get in Archie's huvin a beer an watchin telly. He switches it aff an looks at me, dead serious.

'Right Bobby. Ah've spoke tae ma mate Ronnie McManus aboot a joab fur ye. Ees an entrepreneur.' Ah dinnae ask whit that is but it sounds dead important. 'Noo, listen up son. Ma reputation's oan the line here an if ah get ye in ye'll need tae work yer baws aff. That clear?'

'Aye. Ah'll no let ye doon Archie, ah promise.'

'Right. Ah've tae take ye tae see um oan Thursday an see whit he thinks.'

Ah thank Archie fur the chance an run hame. When ah get in ah'm twitterin like a budgie wi excitement. Ma faither's dead happy fur me but Maw does er usual.

'Right then. If yer gonnae be workin, dinnae think ye'll be keepin yer wage packet every week. Ah'll be takin yer keep an ah'm gonnae huv tae gie ye pieces every day an buy aw yer stuff. If thur's onythin left ye'll get some back. If no, then ye'll get nuthin.'

Typical. The best thing that's ever happened tae me an she pits a damper oan it. Mind you, she pits a damper oan everythin so ah'm no surprised. Even Christmas is miserable. We dinnae get a tree cos she says the needles choke er vacuum. She jist pits the fairy lights oan er pot plant. Well, it disnae work this time. Nuthin kin spoil this. Ah'm gonnae be workin soon. Ah'm gonnae dae everythin ah kin tae impress McManus. Ah'm gonnae be a plumber.

Thursday comes an we head fur McManus's place in Archie's car. It's a Ford Anglia an it's ees pride an joy. Ees painted it purple an pink, an thur's a leopard skin steerin wheel cover an a wee toy dug wi a bouncy heid in the back windae. Ah'm gonnae get a car the same when ah'm a plumber.

McManus must be loaded. Ees hoose is huge an thur's these big iron gates at the front o it. He comes oot. Ees built like a brick shithoose an ees gote this massive Alsatian dug oan a chain. Archie stretches ower an winds doon ma windae. The dug moves right up tae the car an bares its teeth at me. Fuckin scary. Ah hope McManus hauds ontae it or it'll be in the front seat an ah'll be dug meat. Big McManus looks me up an doon. He disnae talk tae me. Jist tae Archie. Here we go.

'Ees a scrawny wee shite but ah'm needin someb'dy so ah'll gie um a start. Monday. Hauf seven at the cross. Wan o the boys'll pick um up.'

Archie thanks um an we drive away. Ah cannae believe it. Ah've gote a joab.

Oan the way back ah try tae get a bit mair oan McManus but Archie disnae seem keen tae talk aboot um much.

'How come we nivver gote asked in Archie?'

'Only those an such as those get in there son.'

'He must be makin a mint wi a hoose like that eh?'

'Aye. He does awright.'

'Whit wis he daein wi that box he hud oan the gates wi aw the numbers oan it?'

'Security code. Keeps um fae gettin unwanted visitors. Noo, nae mair questions. Jist be grateful yer in.'

First time ah see McManus ah'll ask um fur the code jist in case ah need tae go an see um aboot plumbin stuff. Ah'm beside masell wi excitement. Three days till ah start ma joab. Friday, Saturday an Sunday. Jist three days. Monday cannae come quick enough.

Oan the Friday ah hud a disaster. Instead o wastin ma time readin ma *Beano* ah thought ah might as well start learnin masell aboot plumbin so ah unscrewed the bathroom tap tae see how it worked. Bad idea. The water wis gushin oot everywhere. By the time Faither switched it aff at the mains we wur baith soaked tae the skin an aw the toilet rolls wur floatin oot the door intae the hall. Whit a mess. Maw wis goin crazy, screamin an greetin at the same time. Then she hud a ragin argument wi the neebors doonstairs cos aw the water wis gushin through thur ceilin. Ah wisnae very popular. Maw made me mop it aw up an wash oot the drookit towels. Took me ages tae get it fixed. Then ah gote sent tae the shop fur mair bum rolls. By the time ah gote there it wis shut so we hud tae yase wee squares o newspaper. Ah'll jist wait till Monday tae learn how taps work.

Maw wis in a foul mood aw night so ah stayed oot er road.

Then oan the Saturday the shit really hit the fan. She gote a letter an it made er that mad ma faither hud tae peel er aff the ceilin. It wis fae the African charity wumman.

Maw hus three sisters. Madge, May an Avril. Thur aw right intae charity work an the meetins ur ayeways in oor hoose. Ma faither gets sent tae the bowlin club oot the way an ah'm no allowed in the room cos it's right serious stuff. They meetins huv convinced me insanity's genetic. Thur aw knittin fanatics an when they arrive, wan by wan the bags ur opened an aw the monstrosities ur held up tae screams o appreciation. Sounds jist like the monkey hoose at the zoo.

Three weeks ago there wis this big discussion tae decide which charity wid benefit maist fae thur donations. Ah couldnae believe ma ears when ah heard thum seriously makin plans tae send the stuff tae Malawi. Noo whit would aw they Africans dae wi dozens o woolly scarves an a shedload o Arran jumpers? It's a hunner an twinty degrees in the shade fur fuck's sake! Onyway, Maw starts readin the charity letter.

'Wid ye listen tae this!'

She spits the words oot an pretends tae be posh, like a charity wumman.

'Dear Mrs Muldoon. We are very appreciative of the garments made by you and your sisters and they are indeed a work of art. You would almost think they had been done on a knitting machine. At this month's committee meeting we all agreed that Africa is not the ideal route for them to take as it's extremely hot there and so we came up with a plan. We love the strawberry detail on your tea cosies so we wondered if we could perhaps add some pretty chin straps and colourful pom poms and turn them into woolly hats for the local children? Please consult with your sisters and let us know asap and we can set to work. Yours Sincerely, Christina Cunningham, Chairwoman.' Maw loses it.

'Whit a fuckin stupit idea! If they think we're gonnae watch oor cosies wanderin aboot the Gorbals they kin think again. That's them finished. Thur's no wan o us gonnae pit anither bit o wool roond a needle fur that lot. Bunch o jumped up, do goodin shites.'

She called an emergency knitters meetin an the three stoogies arrived wi faces like fizz. They aw look like each other, the sisters. Aw big, like Maw, wi bright red lips, curly perms an huge diddies. They sat in in the livin room an cackled like geese aw night, gripin an moanin an makin plans tae sabotage the charity centre. Dinnae think they wir serious though.

Efter er sisters left Maw wis still ragin an me an Faither had a right earfu aw night. She kept readin oot the bloody letter over an over again, pacin aboot, cursin an swearin. We couldnae hear the telly fur er. Whit a way tae spend a Saturday night. Aw ah kin say is god help the charity wumman when Maw gets haud o er.

6 | The Workies

Maw rampaged aboot the hoose aw day Sunday an she wis still moanin aboot the letter oan Monday mornin. Ah hud ma porridge flung at me an she wis clatterin aboot the kitchen talkin tae ersell. Ah wis dead nervous aboot startin ma joab an she wis jist makin me worse wi er cairry oan.

'Ah tell ye. Thur's some arseholes roond here needin tae take a guid look at thursells. Ye try tae help folk an aw ye get is a load o shite. Make ye sick. Make ye bloody sick, the lot o thum.'

Then we hud a row aboot ma new overalls. They wur three sizes bigger than me an aw the material wis hingin doon ower ma airms an feet. Ah try tae talk tae er aboot it.

'Aw Maw, ah cannae go like this.'

As usual, she didnae gie a shit aboot ma feelins.

'Listen you. They wur the best wans in the shop so shut yer bloody trap. Yer no ayeways gonnae be a skinny wee shite. Ye'll be daein hard graftin so ye'll no be long gettin muscles an ye'll grow intae thum... ah tell ye ah'm gonnae go roond tae that charity place the day an gie thum the edge o ma tongue. They ask fur yer help then chuck it in yer face.'

The knittin's obviously mair important than ma overall problem.

'Maw, whit am ah gonnae dae wi these overalls. Ah cannae walk in thum.'

'Will ye quit moanin. Jist turn up the trooser legs... Ah'll get yer auntie May tae come wi me. She's guid at causin trouble. She kin tell thum where tae stick thur charity.'

Ah try again.

'Whit aboot the sleeves though. They'll aw laugh at me.'

Nae joy.

'Turn thum up fur fuck's sake. Noo shut yer cakehole an get yer arse tae the cross fur yer lift... ah'm gonnae go tae that charity place the day an take every last bit o knittin oot o there an thur aw gonnae be sorry.'

Then she haunds me a wee metal piece box. Ah couldnae believe it. She'd pit wan o er labels oan it. It said 'Haunds aff. This tin belongs tae Robert James Muldoon. Plumber.'

She's swingin fae the lights noo, rantin at the tap o er voice, ignorin the fact that ah look like somethin oot a midden.

'You mind an watch they workies. Thur bastards. They'd steal aff thur granny if they could get away wi it. Keep that tin beside ye cos if it gets nicked ah'm no buyin ye anither yin. Dae ye hear me?'

'Aye Maw, ah hear ye.'

Ah gie up. Jist as ah'm leavin, she shouts efter me.

'An you make sure yer hame in time fur yer tea the night. Yer granny's comin.' Before ah kin answer she slams the door.

Ah get tae the cross an wait fur ma lift. Ah'm glad tae be oot the hoose an ah cannae help feelin chuffed wi masell. Ah'm a workie noo. The white van comes speedin roond the corner an screeches tae a halt. Ma nerves start janglin again. Ah get in an say thanks tae the driver. He jist grunts an then he tells me ees name's Charlie an ees a painter. Ees no very friendly. He says that pickin me up takes um miles oot ees way an if McManus thinks ees gonnae be daein it every day, five days a week, ees gote anither think comin cos ees no a taxi service. He disnae speak again till we get tae the buildin site.

We've tae work in this new hoose an it looks like the cooncil tip. Thur's stuff lyin aboot everywhere. Boxes o tools, piles o copper pipin an huge big rolls o cable aw ower the flair. The place is filthy. Fuck. Ah think ah'm turnin intae ma maw. Ah jist feel like grabbin a brush an cleanin this place up. No a good sign. Thur's a wee paint covered tape recorder oan the flair an it's beltin oot Beatles songs. Thur's workies everywhere an thur aw singin along tae *A Hard Day's Night*. Ah start tae get stressed again. Ah'm no yased tae noise an chaos. Charlie disnae introduce me tae the men. He jist walks away an leaves me staundin. Wan by wan the workies start speakin tae me an ask me where a live an who ma faither is an whit age ah am an who gote me the job an.... nosey gits.

Rab, the brickie's a big skinny man wi glasses, a heid o straggly grey hair an a huge moustache. It's aw broon. Must be aw the rollies ees smokin. The sparkie, Tam, is aboot twinty stone an stinks o BO. Ees gote a pair o jeans oan that ur tied wi string at the front o ees belly an every time he bends doon he shows ees builder's bum. Mingin. Ma lift Charlie's a moanin git. Ees a wee man wi bright red hair jist like mine an ees no gote a good word tae say aboot onythin or onyb'dy. Then thur's Whitey, the plasterer. That name suits um cos ees plastered. Ees gote a hauf bottle o whisky stickin oot ees dungarees an ye cannae tell whit ees sayin cos ees slurrin aw ees words. They aw sit aboot a lot, drinkin tea. Ah bet McManus widnae be happy if he saw thum. Efter aw, thur meant tae be workin tae earn a wage packet. Mibbe ah should mention it if he comes in?

Ah wis knackered by dinner time. Aw ah wis daein wis runnin efter thum aw. Up an doon stairs cairryin toolboxes an tins o paint, makin tea, sweepin up, makin mair tea, cleanin oot thur vans an runnin tae the corner shop fur Irn Bru an bridies. Ah didnae learn a thing aboot plumbin. Mibbe that'll be th'morra.

Then it startit. Efter ma dinner break. The dirty tricks. Wan efter anither they took the piss oot me. A gote sent fur a long stand, a glass hammer an a tin o sparks fur the grinder an ah fell fur every wan o thum. They pissed themsells laughin an ah gote a right red neck. Smart arsed gits. Ah still cannae believe ah fell fur Charlie's trick. Sent me oot tae ees van fur a tin o tartan paint. Ah didnae know ye could get that.

'Mind an cairry it careful' he said. 'Dinnae mix it up, fur fuck's sake.'

So, there ah wis, walkin back in, dead slow, bein careful no tae shake the tin an there they ur, the four o thum wi thur faces pressed up against the windae, creasin thursells. Bastards. Ah wis feelin like a right numpty.

It didnae stoap there though. They jist kept comin. The skirtin board ladder, the left haunded screwdriver an the fallopian tubes. By the time it gote tae the efternoon tea brek ah'd hud it. Ah wid tell thum ah wisnae happy. Ah wis dead nervous cos ah'd nivver really said ma piece aboot onythin like this afore. A wait fur a brek in the banter.

'Ah'm enjoyin workin fur ye aw the day lads.' Ah yased the word 'lads' so that ah sounded dead grown up. Rab tosses me a chocolate biscuit.

'Guid tae hear it wee man.'

Ah build up the courage tae jist come oot wi it.

'Ah'm no enjoyin aw the slaggin though.' Ah gave a wee laugh so they didnae think ah wis complainin.

'Ok.' says Tam. 'Ye deserve a wee brek. Yer aff the hook noo Bobby.'

It wis nearly finishin time but they couldnae resist wan last go. Cos they said aw the slaggin wis done wi, ah believed thum an so ah fell fur the last wan, big time. It jist aboot finished me. Ah wis sweepin up an Rab comes in wi a dish an spoon.

'Right Bobby. This is serious. If yer gonnae be a plumber ye'll need tae get yased tae dealin wi shite. Noo, thur's aw different kinds o shite an ye huv tae be able tae grade thum fae one tae ten. The thicker the shite, the higher the grade. Right?'

'Right Rab.' Ah'd nivver heard o that afore.

'Thur's only wan way tae dae it. Ye huv tae taste it.'

Ah couldnae believe whit he wis sayin. Ma stomach startit tae heave.

'Ah kin appreciate its no pleasant but that's the way McManus likes it done an if ye cannae dae it then he'll no take ye oan as a plumber. Noo watch me.'

Fur fuck's sake. He dips the spoon intae the dish o broon slimey shite, pits it in ees mooth an swallows it.

'Mmmm.' He slaps ees lips the'gither. 'Right. Ah think ah wid gie that a grade three. Noo, it's your go. See if ye agree wi me.'

He piles the shite oan the spoon an ah know ah huv tae dae it or ah might no get tae be a plumber so ah open ma mooth, haud ma nose an eat it. It's a Mars bar. A bloody mixed up Mars bar. Next thing ah'm sick as a pig aw doon ma new overalls.

Rab's rollin aboot laughin an aw the rest o thum burst in, cheerin an pattin me oan the back.

'That's it Bobby' says Rab. 'Ye've passed aw yer tests. Yer wan o us noo son. Yer in the McManus gang.'

Ah passed the tests. Ah'm in the gang. Ah wis chuffed. Sick as a pig but chuffed.

Ah work masell tae a frazzle till hauf four then get ma lift hame fae Charlie. Ees drivin dead fast an rantin at the tap o ees lungs.

'If he thinks he kin get away wi this he kin think again. Ah'll fund oot who he is an ees gonnae wish he hudnae been born.'

Someb'dys upset um really bad, that's fur sure. He speeds through a red light an we screech tae a stoap right in front o the number nineteen bus. Ma belly's in ma mooth. The bus driver's gote ees haund oan ees horn an ees swearin like a trooper but Charlie jist ignores um, drives roond aboot the bus an speeds aff like a madman. Ees sweatin like a pig noo, still ravin, an ah'm startin tae feel dead sorry fur the unlucky bastard that hus it comin. Ah'm no sure ah should ask um who it is but ah take a chance.

'Who's made ye mad Charlie?' Ees grindin ees teeth noo.

'Some wee fucker hus spread a rumour that ma lassie's huvin a wean. Is she fuck. Lyin wee bastard. She'll no tell me who he is but ah'll find oot awright. Aye, an when ah dae ah'll chop ees fuckin baws aff.'

Ah squeeze ma legs th'gither jist at the thought o it. Charlie's no lettin up.

'Ah'm no huvin it. Ma Charmaine's a guid lassie an ah'm gonnae find the...'

Ah dinnae hear the rest o it cos ah'm frozen tae the seat. Charmaine? Charmaine... carrot-top, skinny, ex-girlfriend Charmaine? Aw naw... Charlie's er faither an it's me ees efter!

Ah pit the rumour roond the school. Ah cannae speak. Ah cannae breathe. Please God, dinnae let um find oot it wis me. Please. Aw fuck... whit huv ah done?

7 | Granny an the Bag o Mince

When ah get oot the van ah kin hardly walk. Aw that Charmaine stuff hus made jelly o ma legs. Ah get tae the hoose an ah huvnae even gote ma boots aff at the door when Maw pounces oan me.

'Right you. Yer granny's here. She's in wan o er moods so make sure you dinnae say onythin tae wind er up.'

Granny Pat. God help us. This is aw ah need efter the day ah've hud. She's ma maw's maw. She's no that auld but er face is aw wrinkly an tae make it worse she disnae wear er false teeth. She claims the dentist made thum fur someb'dy else's mooth, no hers. She's a big wumman, like Maw, an she ayeways wears this hackett big fur coat. It gies me the heebie jeebies cos it looks jist like a deid animal an stinks o moth balls. Ah think she's losin er marbles. She's no been right fur a while noo. Gets aw mixed up an talks shite. She disnae come very often cos her an Maw dinnae get oan an when she is here they dae nuthin but argue. Last time it nearly came tae blows. Ah'm no sure ah kin face this. Ah take a deep breath an go intae the livin room. The dinner's oan the table an Granny's sittin next tae ma faither, mutterin tae ersell. Ah ask er how she's daein but she jistgies me a dirty look an gets up aff er chair.

'Ah need tae get hame an ah'm in a hurry so gie me ma coat.'

Maw coaxes er back tae er seat.

'Huv yer dinner first Mammy. Look, it's mince, wi tatties an sprouts. Yer favourite.' Granny blows a raspberry at er plate.

'Ah hate mince an sprouts make me fart so ye kin stick that lot up yer arse. Ah need tae get hame an make ma Harry's dinner.'

Harry wis ma grandad. Ah dinnae remember much aboot um. Ees been deid fur years.

Faither tries tae get Granny tae eat er dinner but it disnae work. She jist sits starin at it wi a look o disgust oan er face. Maw tries again, speakin through clenched teeth, the way she does when she's no happy. Nae luck there either. Ah gie it a try.

'Granny... why no huv a wee cup o tea. Ah'll make it fur ye an ah'll bring ye a nice Rich Tea biscuit?' She jist laughs.

'Rich? So that's it eh? Ah kin tell whit yer aw thinkin. Granny's rich so we'll invite er fur er tea, be aw nice tae er, then rob er blind.'

Next thing she's tellin Maw that she's made er will an aw er dosh is goin tae the cat shelter. Then she sits back in er chair, folds er airms an gies Maw a gumsie smile. Maw's gote three different pissed aff faces. They work a bit like traffic lights. Pink fur 'Yer startin tae piss me aff', red fur 'Yer really pissin me aff so watch yer step' an pure purple fur 'Ah'm gonnae kill ye'. Er face turns pink.

'Well, if you're no lyin, an ye've left aw yer money tae a bunch o flea ridden moggies, dinnae expect a fancy funeral cos ye'll be gettin dumped in the allotment. If ye think ah'm payin oot ma ain purse tae bury ye, ye kin run up ma ribs. Yer a stupit auld...'

Oot the blue, Granny starts bawlin like a wean but thur's no a tear in sight. Ma faither speaks up. First time ever ah've ever heard um dae that.

'Ah think that's enough Ena. She's gettin upset noo.'

Maw's face changes fae pink tae bright red. She turns oan Faither. 'Who rattled your cage, eh? She's gettin upset! An whit aboot me then? Ah'm upset tae or does that no matter?'

Granny stoaps greetin. Next thing she's grinnin aw ower er face an spoonin great piles o mince intae er handbag.

'Harry likes mince. This'll be fine fur ees tea.' Maw's face turns pure purple.

'Stoap that Mammy. That's a disgustin thing tae dae. Gie me that bag.'

She tries tae pull Grannys bag aff er but the auld bugger's haudin it tight up under er chin wi baith haunds. Efter a load o pushin an shovin Granny grabs the bag aff Maw an starts hittin er wi it. Thur's mince flyin everywhere. A great big lump lands oan Maw's heid an runs doon er face. She looks that stupit ah cannae help laughin. Bad timin Bobby. Maw lashes oot at ma heid but ah duck an she misses. That fires er up even mair. It's gettin oot o control noo.

'Noo look whit ye've done.' Granny's screamin. 'That's Harry's dinner an you've gone an buggered it up. Yer a stupit eejit!'

Maw wipes er face wi er apron an screams back at er.

'Here we go again! Yer no listenin! Faither's deid Mammy. Ees been deid fur ten years. Dae ye hear me? Ees no at hame. Ees deid!'

Suddenly, everythin goes silent. Maw sits doon an starts drummin er fingers oan the table. Granny grabs a sprout aff ma faither's plate an starts chewin it. No easy wi nae teeth. Faither's pushin ees mince intae wee patterns oan ees plate, feart tae look at thum. Ah try tae brek the ice.

'Ah hud a good day at work Maw… ah wis …'

Granny cuts me aff.

'Ah've gote somethin tae tell ye Ena.'

Maw gets up, starts clearin the table, ignores Granny an turns tae Faither.

'Alec, pit Bobby's dinner tae heat in the oven. Ees been workin aw day an he needs tae eat.'

Granny tries again tae get Maw's attention.

'It's somethin ye huv tae know. Somethin important.'

Maw's no huvin it. She's in the huff. Granny gets up, pushes er shooders back an looks straight at Maw. A 'she devil' comes tae mind.

'Harry's no yer faither.'

We aw freeze. Solid. Thur's a nasty wee smile oan Granny's face. Maw glares at er. This is a new face. Nivver seen this wan afore. She's turned pure white, jist like a waxwork dummy. Granny's still smilin.

'Nae guid lookin ut me like that. Ye hud tae find oot sometime. Harry wis workin away an ah went wi ees pal. That's where you came fae. Noo, get me ma coat.'

Ah've nivver seen ma maw speechless afore. She jist staunds there, glarin at Granny. Faither looks ower at me an ah kin tell whit ees thinkin. We need tae get Granny oot quick cos Maw looks ready tae kill er. Faither grabs Granny's coat an tries tae get er tae the door. Too late. Maw turns oan er, screamin like a stuck pig.

'You're a wicked, nasty auld bitch. Tell me yer lyin. Tell me whit you jist said is a fuckin great lie!'

Granny's pullin oan er fur coat, actin as if naethin's happened. 'It's the truth. An dinnae call me a bitch. You're a bitch.'

Then aw hell breaks loose. Maw grabs the tablecloth wi baith haunds an drags it aff the table. Aw the dishes crash tae the flair an thur's sprouts rollin aw ower the carpet. Then she chucks the teapot an it jist misses the windae. Thur's steamin hot tea runnin doon the wallpaper an the place looks as if someb'dy set a bomb aff.

'Get er oot o here.' Maw's voice is jist a croak noo. 'Get er oot before ah'm done fur murder.' Then she storms oot an slams the door wi aw er might. The shelf in the dresser starts wobblin an, like a domino trick, wan by wan the dishes collapse an smash intae smithereens. Aw that's left is wan cup. Granny looks sideways at the pile o broken dishes.

'Oh well…' she moves tae the door in a mound o fur. '…ah better get hame noo. Harry'll be wunderin where ah am. Alec, you kin walk me tae the bus. Ye look as if ye could dae wi some fresh air.'

Ah cannae believe whit jist happened. Whit a nightmare.

While ma faither's away ah go doonstairs an try tae get Maw tae come oot er bedroom.

'Maw, ur ye comin up?'

She disnae answer.

'Wid ye like a wee cup o tea or a biscuit or something Maw? Ah kin get ye onythin ye want?'

Still nothin.

'Ur ye awright in there Maw?'

Then ah hear it. She's greetin, dead quiet, jist wee sobbin noises. It's the first time ah've heard that an it's the first time ah've ever felt sorry fur ma maw. Ah'm no sure whit tae dae.

When he gets back in, Faither disnae go near the bedroom. We clear up the mess then we sit there, no speakin. Faither's jist starin intae space, ees face aw crumpled up. When he does speak it's jist a tiny wee whisper.

'Whit a disaster. Whit a bloody disaster.'

That night ah hud a terrifyin nightmare. Ah woke up screamin an ah wis drooned in sweat an shakin like a leaf. Maw hud murdered Granny, suffocatin er wi the fur coat an she wis gettin dragged away screamin, by the polis. Charmaine wis takin the piss oot me, shoutin 'chicken legs' an laughin er heid aff an Charlie wis chasin me wi a fuckin great kitchen knife in wan haund an ma goolies in the ither. Ah sat up aw night wi the lights blarin. Ah wis scared oot ma wits. Ah huv tae sort this. Ma maw's a mess, Charmaine hates me an er faither's gonnae kill me. Ma life's turnin intae a right disaster. Ah huv tae sort it. No sure how but ah huv tae sort it.

Fur the next three nights ah sit up cos ah'm feart ah huv that dream again. Ah'm knackered at ma work cos ah spend every day dodging Charlie. Then ah huv tae sit in the van wi um oan ma way hame. He keeps talkin aboot the Charmaine thing an whit ees gonnae dae an ah'm beside masell listenin tae it.

Ah make a decision. Oan the Thursday efter ma work, ah wait ootside the Girl Guide hut tae catch Charmaine afore she goes in. She's aye there oan a Thursday. Ah'm gonnae beg er no tae tell er faither ah wis the wan that startit the rumour. Ah'm prayin she husnae telt um already. If she hus then ah'm oan the first boat tae Australia. When ah see er walkin up the street ma belly starts churnin. Here goes.

'Hiya Charmaine.' She disnae look pleased tae see me.

'Whit ur you daein here?' She's no happy.

'Ah wis jist passin.'

'Right.'

'Ah'm workin oan the site wi yer faither?'

'Aye, he telt me'

Ah might as well get it ower wi. The words come pourin oot ma mooth.

'Charmaine, ah'm dead sorry fur startin the rumour aboot you bein up the duff an big Gordie bein it's faither an ah dinnae huv a clue whit made me dae it… well, ah dae really, cos ah wis dead upset ah suppose… an then when yer faither said he wis gonnae find oot who it wis ah panicked cos he says ees gonnae chop thur baws aff an ah thought if ah could speak tae ye furst ye could pit in a word fur me an apologise tae um before he comes lookin fur me an if ye kin help me ah wid be dead grateful cos…' She loses the heid.

'So it wis you. Ah thought as much. Well, wait till ah tell ma da. He'll kill ye. Efter the Guides ah'm gonnae go hame an tell um. Then ye better watch yer back.'

Ah'm sweatin an shakin in ma boots noo. Aw ah kin dae is staund there, jibberin like a monkey. Then she laughs.

'Dinnae worry Bobby. Ah'm only kiddin. Ah knew it wis you but ah didnae tell ma da. Ah said it wis aw jist a joke an ees ower it. Yer awright.' Then she turns an walks away fae me.

'See ye Bobby.'

'See ye Charmaine'

Whit a bloody relief. Ah'll mibbe get some sleep the night. Nae mair worryin ah'm gonnae lose ma baws.

That's wan thing sortit. Noo ah need tae sort ma maw. Ah suppose it's a big deal findin oot yer faither isnae yer faither efter aw. Ah think ye'd be lookin at every auld guy in Glesga wonderin if it's him. Wan thing's fur sure though. Ah know whit Maw's like an she's no gonnae rest till she finds oot who it is. Ah kin help er find um. Ah'll go an see Granny an jist ask er ootright. She kin tell me then ah kin tell Maw. No sure whit we'll dae efter that but somethin'll come tae me.

When ah get hame thur's nae sign o Maw. She's still hidin in er bedroom. Faither's makin the dinner an no sayin much. Ah need tae find oot if she's awright. She's mibbe a crabbit pain in the arse maist o the time but ah widnae like er tae be dead miserable. Ah ask ma faither.

'Is Maw awright Faither?'

'She's in a state, as ye kin imagine. Yer granny's really upset er.'

'Aye. Is it true then… Harry wisnae ma real grandad?'

'Ah'm no sure Bobby but dinnae you worry aboot it. Yer maw jist needs some space the noo. It'll be awright son.'

Ah kin tell ma faither's worried so ah help um serve up the dinner an we get Maw tae come oot the bedroom an eat wi us. She's aw pale an quiet. No like er. We try oor best tae get er tae talk but we jist get wan word answers. She disnae eat. Jist moves the dinner aboot the plate wi er fork fur a bit then gets up an goes back doon tae er bedroom. Whit a mess. Ah'd be happier if she wis yellin at me. Dinnae like er like this. Tae make it worse its jist three weeks tae Christmas. No gonnae be much 'Ho Ho Ho' in oor hoose this year.

Maw's disappearin act lasts fur the next two weeks. She's in er room maist o the time an then when she does appear she's aw wrapped up in a big woolly cardigan. She disnae say a word. It's weird cos she's wearin ma faither's slippers an she jist shuffles tae the kitchen tae get a drink then it's back tae er bed. Faither's miserable an aw but he does ees best an makes ma dinners an gets me up an oot tae work. We jist get oan wi it.

Ah'm enjoyin workin an ah think ah'm gettin a bicep oan wan o ma airms. Ah huvnae heard aboot bein a plumber yet. Think ah might get Rab tae speak tae McManus aboot it. Ah'm waitin fur pay day an then ah'll get ma furst wage packet. Jist wan week an ah'll be rich. The workies ur aw startin tae wind up fur thur holidays, gettin the last joabs done oan the site. The hoose we've been workin in is nearly finished. Wish we could huv a hoose like it. The walls ur paintit, thur's new windaes an doors, fancy lino oan the flairs an a kitchenette an bathroom aw done oot. It's lookin dead posh. Ma joab is tae load the skip wi aw the rubbish an pack up the tools. It's startin tae snow an ah'm wishin ah could be mair excitit aboot Christmas. Oor hoose is dead morbid the noo.

At the tea brek the men ur talkin aboot last year's workies' do at the big McManus hoose. They aw gote a bonus in an envelope an thur wis blarin music, dancin, fancy food an loads o drink. Then we hud a right laugh talkin aboot the lassies fae the head office gettin pissed as farts an snoggin thum under the mistletoe. Thur's gonnae be wan again this year an they tell me that McManus is comin oan site the day an mibbe ah'll get an invite. Ah wid gie onythin tae get a look inside that hoose. Bet it's dead smart.

Efter the brek, ah'm telt tae staund at the windae an be the look oot fur the gaffer. Ah've tae shout loud when ah see um comin. Ah'm no there long when ah see the car.

'Ees comin! McManus is comin!' Ah shout as loud as ah kin an the place starts tae look like a Charlie Chaplin movie. Tam turns aff the music an everyb'dy's divin aboot, kiddin oan thur workin. Then Rab haunds me a sweepin brush.

'Here Bobby. Make yersell look busy.'

Ah'm brushin like fury when he comes through the door. Ees even bigger than ah remember an ees wearin a long black coat wi a big fur collar. Ah cannae stop ma legs shakin jist at the sight o um. He wanders roond the hoose, huvin wee quiet talks wi aw the men an then suddenly he starts comin straight fur me.

'Ah need a wee word wi ye son.'

Aw fuck. Whit huv ah done?

'Come oot tae ma car ah minute an you an me kin huv a chat.' Ah'm bloody terrified.

We get in the car an ah cannae believe how posh it is. Leather seats an shiny knobs aw ower the dashboard. Smart. McManus rolls doon ees windae an lights a cigar.

'Noo, whit's yer name again son?'

'It's Robert James Muldoon, Mr McManus' Ma voice is jist a wee squeak.

'Right, Robert James Muldoon. How wid ye like tae make some extra money fur Christmas?'

'Aye, Mr McManus. Ah wid like that.' Ah'm feelin dead relieved ah'm no in trouble.

'Ma wife bakes Christmas cakes every year fur the auld folk

an she's lookin fur someb'dy tae help er deliver thum? We like tae dae oor bit fur the less fortunate folk in the area. Wid ye be interested?'

'Oh aye, Mr McManus. Ah wid be happy tae help er.'

'Good lad. Ok. She'll be drivin roond the hooses an she'll tell ye the number. Aw you need tae dae is knock an say the cakes ur fae me? Sound awright?'

'That sounds awright Mr McManus.'

'Great stuff. If ye wait at the cross at hauf seven th'morra night she'll pick ye up. Ye kin kid oan yer Santa Claus.'

'Ah'll be there Mr McManus. Ye kin count oan me.'

'Glad tae hear that son. Noo, jist tell the gang in there we wur talkin aboot yer job. Ok? Dinnae want the tax man findin oot yer gettin extra spondoolies, eh?'

Ah get oot the car an McManus speeds away. Ah'm feelin dead special. Well done me. They must think ah'm trustworthy an responsible tae gie me an important job like that. Wonder how much money ah'll get. Ah'll tell Maw that ah'm goin tae the youth club an then ah kin keep the money a secret an buy er a surprise Christmas present tae cheer er up.

8 | Santa's Little Helper

The next night she comes fur me. Mrs McManus. She's fuckin beautiful. Blonde hair, aw wavy roond er face, great big eyelashes an bright red shiny lips. She's the spittin image o Marilyn Munro. When ah get in the car ah nearly choke wi the smell o er perfume. Bet it cost er a fortune. She's gote a nice voice tae. Kinda gentle. She smiles. Ah smile back.

'Ah appreciate yer help, Robert. Thanks fur comin.'

'Nae bother Mrs McManus. It's nice o ye tae help the auld folk.'

'Christmas is a time fur sharin, eh? An, by the way, ye kin call me Sheila.'

'Ok Sheila.' Bet thur's no many folk get tae call er that.

While she's drivin she yaps away quite the thing, tellin me aboot er three dugs an er daughter whose same age as me an er plans fur the Christmas do at the big hoose. She says it's gonnae be the best wan yet an ah definitely huv tae be there. Ah'm chuffed at that.

Aw fuck. We're headin fur Easterhoose. It's no a nice place. Dead rough. Maw an Faither huv telt me no tae go onywhere near there cos thur's ayeways loads o trouble. Aw the gangs fight in the streets, beatin each ither up wi basebaw bats an slashin each ither wi razors an that. Wan time a wee laddie wis hit wi a flyin brick an hud tae huv a bit cut oot ees brain. Ah hope ah dinnae meet ony o the weirdo gang members.

We stoap at the first hoose an Sheila gies me a cake in a fancy box tied up wi ribbons an a wee bit holly oan the lid.

'This is fur number eighteen, Robert. Go through the close door an it's furst oan yer right. Jist say it's fae Mr McManus an come away. Be as quick as ye can an ah'll wait here fur ye.'

Ah think it's dead kind o Sheila tae dae this. She's rich an she's sharin it wi folk that huvnae gote much. Kind hearted ah wid say. Ah get intae the close an find the door. Ah knock. Thur's a dug barkin an a load o shoutin inside. The door opens an a man staunds lookin at me as if ah'm shit oan ees shoe. He looks pissed an ees wearin a string vest. It's aw ripped wi stains doon the front. Thur's a big tattoo oan ees airm. Black daggers, red roses an the name 'Bella' wi hearts aw roond it. Mibbe ah'm at the wrang door. This is no a wrinkly auld person. The cake must be fur ees granny. Ah gie um the box.

'This is a Christmas cake fae Mr McManus.'

He disnae answer. He jist grabs the box oot ma haunds an slams the door in ma face. Whit an arsehole. Nae appreciation. Ye try tae be nice an they cannae even say thanks. Ah go back oot tae the car an tell Sheila. She jist laughs an says no tae bother.

'That's the son, Mikey. Ees weird. The cake's fur ees granny.' Ah wis right. We dae anither couple o cake drops an wur at the last hoose. It's a block o six an this wan's fur the top flair. When ah open the close door ah'm near sick wi the stink o piss. The walls ur covered in graffitti an thur's weans screamin, music blarin an swearin fae every door ah pass. Ah go up the stairs dodgin the dug shite. Ah'm jist aboot at the top step when ah lose ma footin. Ah fall oan ma face, hit ma heid oan the concrete an the box catapults oot ma haunds an bounces aff every step tae the bottom. Ah run doon the stairs an open the box up tae check the cake. Fuck. It's in bits. Then ah freeze. Ah cannae believe whit ah'm seein. Inside thur's aw these wee plastic bags fu o white powder. Aw naw. It cannae be? Jesus! It is. Ah've been had. It's drugs. McManus an ees wife ur drug dealers an they've yased me. Ah'm thur fuckin drugs runner! Pure panic sets in an ah start tae sweat an shake. Whit the hell am ah gonnae dae noo. Ah cannae tell Sheila cos she'll tell McManus that ees been fund oot an ah'll be the one that... ah need tae get hame. Ah'm gonnae spew. How did ah get intae this? How could ah be that thick? Right Bobby, try tae stay calm. Jist walk back oot as if naethin's happened. Walk slow, get in the car an dinnae mention cake. Dinnae lose it noo or yer mincemeat. Then ah hear it in the distance. The bell. It's the polis. Thur comin fur me. Ma life flashes afore ma eyes an ah kin see masell gettin arrestit an tossed in a cell in Barlinnie. Ah've heard whit they dae tae ye in there an it disnae bear thinkin aboot.

It'll be aw ower the front o *The Sunday Post* an Maw an Faither'll be arrestit tae fur harbourin a criminal... aw fuck ... the bell's gettin louder. Thur movin in oan me. Ah toss the cake an fling open the close door. The car isnae there. It wis parked oot the front but it's no there noo. She's no there. She's gone. She's done a runner an left me tae take the rap. Fuckin bitch. Ah start tae run. Ah've no gote a clue where ah'm runnin tae but ah jist need tae get as far away fae here as ah kin. Ah belt through the streets an run fur whit feels like a hunner miles, no stoppin. Ah finally find ma way hame an ma legs jist manage tae cairry me tae the front door where ah collapse in a heap. Ah sit fur a while an wait till ah get ma breath. Then ah go in, straight intae the kitchen. Ah'm shakin that much ma knees ur knockin the'gither. Faither's sittin daein ees crossword in the livin room. He shouts through.

'Did ye enjoy the youth club son?'

Ah shout back, tryin tae keep ma voice fae shakin.

'Aye. It wis good.'

'Thur's some soup left in the pan if yer hungry.'

Soup? Nae chance. Ah've gote a great big lump o cement in ma belly. Ah haud ontae the sink tryin no tae vomit. Ah cannae go through tae Faither. He'll guess thur's something wrang wi me. Ah cannae tell um that ees son's a criminal. Ees gote enough trouble wi Maw an er invisible faither. Ah make fur ma bedroom door.

'Ah'm away tae ma bed noo Faither.'

'Righto son. Aw that dancin hus knackered ye eh? Nivver mind. It's Saturday th'morra so ye kin huv a long lie. Night son.'

Ah'm haudin back tears noo. Ah jist want tae sit wi ma faither an tell um whit's happened an ask fur ees help but ah cannae. Ah couldnae bear ees disappointment. Ah'll jist huv tae pray that naeb'dy saw me wi the cake an dobbed me in. That's it. Ah'll pray. Ah'll turn tae religion. Mibbe God kin save me.

Ah couldnae sleep a wink. Aw night ah wis up an doon tae the windae watchin fur the polis. Then aw day Saturday thur wis a wee voice in ma heid an ah couldnae get rid o it. Ower an ower again ah heard it.

'Yer a marked man Bobby Muldoon an thur comin tae get ye. Yer nicked. Yer life is over. Yer finished.'

By this time ma heid wis fu o wee whirlies thinkin aboot whit might happen tae me. Oan Sunday mornin it's aw ower the papers. Faither reads it oot tae me.

'Ah see they've busted a drugs ring in Easterhoose. Friday night. It says here thur's a group o men been arrestit. The polis gote a tip off… god, wid ye credit it… listen tae this Bobby… they wur gettin deliveries o Christmas cakes fu o drugs an then sellin thum oan. It says here the geezer at the heid o the operation is Ronnie McManus…'

Faither nearly choked.

'Wait a minute… Ronnie McManus? Is that no Archie's mate that gave ye yer joab Bobby?'

Ah could hardly get ma words oot.

'Aw… it cannae be Faither… Surely no?'

'It bloody well is. It says here that McManus and his missus ur in custody and thur up in court oan Monday mornin. Jesus son. Ye've been workin fur a drugs baron. Unbelievable. Well… it's a good joab yer maw's no readin this.'

Ah dinnae huv tae pretend tae turn peely wally. Ah kin feel aw the colour drainin fae ma face.

'God. That's terrible. He seemed awright tae me when ah met um Faither.'

'Well, it jist goes tae show ye, eh? Nivver judge a book by the cover son. They'll aw get time fur this that's fur sure. Lock thum up fur good ah say.'

Faither moved ontae ither news in the paper an ah tried tae stay calm. This'll be the talk o the place th'morra when ah get tae ma work. Bang goes ma wages an the Christmas do an ma present fur Maw. Ah wis gonnae buy er a new pair o slippers tae.

Oan Monday mornin ah wait at the cross fur ma lift but Charlie disnae come. Ah walk tae the site thinkin he might be ill or somethin but when ah get there the place is deid. Aw the hooses ur boarded up an thur's nae sign o a workie onywhere. Ah'm mibbe a bit thick at times but it disnae take me long tae get the picture. They've shut McManus doon an that means aw the workies huv loast thur jobs. Naeb'dy telt me ah've loast mine. Seems ah'm no that important.

When ah get hame thur's an ambulance ootside the hoose. Ah

go in an find ma faither in a right state. Maw's oan a stretcher in the livin room wi a red woolly blanket ower er. She looks like death.

The doctor takes ma faither tae wan side an ees speakin dead quiet. Ah listen in.

'Mr Muldoon, your wife is very poorly. She's suffering from clinical depression and we need to get her to hospital to have her assessed. Would you like to go in the ambulance with her?'

Faither looks panic stricken. 'Aye. Please. Ah'll jist get ma coat an see tae ma son.'

Then he comes tae me an pits ees haund oan ma shooder. Ah'm sure ah kin see tears in ees eyes.

'Yer maw's really ill Bobby. Ah didnae realise it wis this bad. Ah thought she jist needed time tae think aboot things an she wid come oot wi aw guns blazin if we left er alane.Then this efternoon she widnae speak a word tae me. She jist lay there, dead still, white as a sheet, starin at the ceilin. Ah called fur the doctor then. Ah gote it wrang son. Ah gote it wrang an it's aw ma fault.'

Ah try tae make um feel better.

'Dinnae say that Faither. It'll be awright. They'll sort er an we'll get back tae how it wis afore, eh?'

'Ah hope so son. It'll jist be you an me fur a while Bobby. Jist you an me.'

Then fur the first time in ees life ma faither hugs me. He hauds oan tight fur ages till the doctor calls um.

'We're ready to go now Mr Muldoon.'

'Right. Ah'll go wi yer mother noo Bobby but ah'll be back soon.' Then he walks oot the door.

'Yer mother.' That sounded weird. She's ma maw. Ma maw that's ayeways been here an now she's… Ah watch fae the windae.

Ah see thum pit Maw intae the ambulance an ma faither

climbs in efter er. Then they bang the doors shut an drive away, roond the corner an oot o sight. Ah sit in Maw's chair. It's that quiet ah kin hear ma heart beatin. Then ah notice it. The durt. Ah've nivver seen the place like this afore. Marks oan the furniture, smears aw ower the windae, dirty dishes still oan the table an last weeks papers piled up oan the flair. Ah move tae the sideboard an run ma fingers across the dust, drawin wee faces… wee sad faces, cos that's how ah feel. Whit's happened tae me? Things wur lookin up. Then, everythin fell apart an noo ah've gote nuthin goin fur me. Ah'm a marked man wi nae joab, nae girlfriend, nae grandad… an noo… nae Maw. Ah might as well gie up tryin tae make somethin o masell.

Ah'm jist aboot tae admit that ah'm a total failure when ah remember somethin Archie telt me. He said that failure isnae when ye lie doon tae yer problems. Failure's when ye lie doon an refuse tae get up again. Right then. Ah kin fix aw this. Ah make a plan in ma heid. A four bit plan tae get aw this sortit. First, ah'm gonnae help tae get Maw well again. Then ah'll dae ma detective bit an she'll huv a real faither an ah'll huv a real grandad. That'll be two bits done. Ah'll work oan ma biceps, learn masell some chat up lines an get masell a proper girlfriend. Charmaine kin get tae fuck. That's three bits. Last bit is tae go roond aw the sites an find anither joab. Ah'll mibbe even get Faither tae help me be a jyner.

It's only a few days till Christmas, then it'll be New Year an nineteen sixty eight will be gone. Thank fuck. It's been the worst year o ma life. Next year's gonnae be different though. Ah'm gonnae take Archie's advice an be dead positive. When the bells go on the first o January, nineteen sixty nine, ma plan goes intae action. Ma confidence buildin, four bit action plan. That's when ah'm gonnae sort stuff an make somethin o masell.

BOOK II

Life and Love in The Gorbals

1 | Bah Humbug

The first bit o ma action plan wis tae help Maw get well but it's no lookin good. The doctor says she's gote this sad disease thing that's made er no want tae speak. They've pit er in the hospital fur mad folk an she'll no be oot fur a while. So it's jist ma faither an me oan the tenth flair o a Gorbals highrise, tryin tae haud it aw thegither. No easy.

Wan thing's fur sure though... wur gonnae huv a miserable Christmas withoot Maw. Ah nivver thought ah'd say that cos she's a right nag wi er obsession fur cleanin an tidyin but ah'd raither huv that than this misery.

Tae make it worse, Maw's three sisters, Avril, Madge an May huv been comin tae the hoose since Maw gote ill. They think thur helpin but thur no welcome cos Faither an me ur managin jist fine. It's aw the nebbin in, an arguin, an tellin us whit tae dae an that... gets ye doon... then, when they start talkin aboot Maw's illness, the three o thum finish up greetin. It's no helpful.

Oan Christmas Eve they announced they wur gonnae spend Christmas day in oor hoose an bring us oor dinner but Faither made it clear he wisnae huvin it. Ah think he mibbe went a bit too far though. He said we wur fine, that he'd already bought a wee turkey wi Maws divi stamps an he wantit it tae be jist him an me. They tried tae insist but Faither dug ees heels in an said he didnae want thum blubberin aw ower the Christmas puddin. Then he telt thum, in a nice way, tae fuck off. They wirnae happy an went away in the huff.

Christmas day came an went. Thur wisnae much *happy* an bugger aw *merry*. Faither tried ees best tae make the day nice fur us though. We cooked the dinner an set a place at the table fur Maw. Then we wished the chair a Merry Christmas. Ah bit stupit but it made us feel better. We hud a couple o crackers left fae last year but when we banged the first yin Faither wis that much oan edge wi everythin that he near fell aff ees chair so we didnae pull the ither yin. Efter dinner Faither went tae see Maw. Ah've been pesterin um tae let me visit er but he says that Woodilee is a mental hospital an it's no a place fur wee laddies. Faither's usually right so ah stayed put an watched the Kelvin Hall Circus oan the telly. Ah hud turkey pieces an a wee bit trifle. Sad.

When he gote back, Faither seemed tae be a bit mair cheery. The doctor hud said that Maw wis lookin better an they wur gonnae persuade er tae come oot fae under the blankets. Ah kin jist picture whit'll happen when they suggest it. Maw disnae like gettin telt whit tae dae. She'll jist tell thum aw tae bugger aff an leave er in peace. Despite er bein a pain in the arse maist o the time, she's ma maw an she should be here, wi me an Faither, no in a ward in a loonie bin. It's depressin.

Oan Boxin Day the three stoogies appeared back wi thur left ower turkey an a box o hauf eaten chocolates. Some folk cannae take a hint. They wirnae in ten minutes when they startit thur cairry oan again. This time they wur arguin aboot the ironin. Noo, tae me, three shirts an a hanky are no a big deal but they finished up huvin a tug o war wi the washin basket. Bloody stupit.

Then they decidit the kitchenette wis needin gutted. Oan went the aprons an up went the sleeves, aw ready fur action. It wis a joke. Ma three aunties ur dead fat an the kitchenette's jist wee so, wi aw the pushin an shovin an trippin ower each ither, it wis like the first day o a Woolworth's sale. An the racket… aw shoutin an bawlin an bossin each ither aboot.

Ah go intae the kitchenette. Aw fuck. Maw's no gonnae be pleased when she gets hame. She hud aw er stuff in order an noo everythin's in a different place. Thur nosey gits, in an oot the cupboards, chingin everythin aboot. They couldnae believe that Maw hud pit labels oan aw er food boxes. When she did it ah thought it wis stupit tae but ye dinnae question ma maw. Ma Auntie Madge wis the first tae open er gob.

'Wid ye look at this Avril. She's gote er Tupperwares aw labelled.'

Auntie Avril's blind as a bat so she hud tae pit er heid right in the cupboard tae see the writin.

'Whit's she done that fur? It's stupit cos thur clear plastic an ye kin see the stuff through thum.'

'Exactly' says Auntie Madge. 'Look… how could ye mistake white rice fur red lentils?'

'Aye, how could ye' says Auntie Avril, 'thur two completely different colours.'

Auntie May pits er tuppence worth in. She's the sarcastic wan.

'Well… how clivver ur you Avril. Well done fur workin that wan oot.'

The comment disnae hit hame. That's mibbe cos ma auntie Avril's no jist hauf blind… she's thick as shit in the neck o a bottle an aw. Auntie Madge is no lettin it drop though. The bit's between er teeth an she's determined tae solve the mystery. When ah suggestit it wid be a guid title fur a film… *The Mystery o the Labelled Tupperwares*… ah jist gote ordered oot an telt no tae be funny. They didnae leave it there though.

'Thur aw in alphabetical order tae.' says Auntie Madge. 'See… Almonds… Bisto… Coffee… Drinkin Chocolate… that's sad. Ah mean, whit wid ye dae that fur ah wonder?'

They spent anither ten minutes arguin, tryin tae work it oot an, in the end, nane o thum hud a Scooby. Whit a waste o energy.

Boxin Day's meant tae be wan o they days where ye lie aboot an stuff yersell wi chocolate an watch the telly. Oors wis gettin mair miserable by the minute so Faither stepped in. Ah think the strain o Maw's illness is gettin tae um cos he disnae usually insult folk. He loast it wi the three o thum an telt thum tae keep thur noses oot the cupboards an if they wurnae happy sittin relaxin then they should jist bugger aff. Of course, they took offence at that an they aw stormed oot in anither huff, bangin the door near aff its hinges. Faither an me stood at the windae watchin thur fat arses wobblin doon the street. Soon as they were roond the corner we locked the door, switched oan the telly an opened the Milk Tray. Peace at last.

2 | Auld Lang Syne

We've been waitin fur news o Maw gettin oot the hospital but anither five days huv passed, it's Hogmanay, an she's still in. She's hud a setback an she's refusin tae eat or speak tae onybody. Faither's goin in themorra an he says ees gonnae ask the doctor whit's happenin. Ee's lookin aw pale an worried an ah hate seein um like this. Ah'll huv tae try an get um oot the hoose. It's Hogmanay an naebody stays in thur ain hoose oan Hogmanay.

It's a weird night though. It's supposed tae be wan where yer happy an excitit aboot a new year comin in. Tae me it's a night when everybody finishes up pissed an miserable. Thur either greetin aboot thur deid relatives or fightin wi thur livin wans. Ah'll nivver understaund it. At midnight everybody's huggin an kissin an sayin Happy New Year an then by three in the mornin thur punchin lumps oot each other. Ah'd like tae bet that aw the deid folk up there ur huvin a big party, gettin pissed an lookin doon, laughin at aw the miserable faces. Till midnight comes though, the neebors ootside seem tae be happy. It's been snowin dead heavy an it's baltic. It's only hauf nine but thur aw oot in the street. We live oan the tenth floor o a highrise so it's a guid view fae the balcony. Ah watch thum staggerin aff the icy pavements, legless wi drink, singin an shoutin tae wan anither. They've aw gote wee message bags, fu o bottles an thur cairryin bits o coal, aw ready tae first foot thur pals at the bells. Coal brings ye luck. Nae use bringin us a wee bit. Wi oor situation the noo, Faither an me wid need the coal lorry, fu tae the brim.

The place is buzzin. The windaes ur aw lit up an folk ur hoochin an choochin roond thur livin rooms. The silence in here is daein ma heid in. Faither disnae want the telly oan. He says he disnae want tae hear the bells cos thur's nothin tae celebrate when Maw's lyin in a hospital bed. Ees sittin at the kitchen table makin er a wee wooden jewellery box as a surprise. Ah try tae get um oot the doldrums.

'Faither, will we go an see Archie an wish um a happy new year?'

Ee's no fur it.

'Naw son... ah'm no in the mood. You go though?'

Ah try tae persuade um.

'But we could jist go fur a wee while an huv a drink wi um. We widnae be long?'

'Naw. Ah'm fine here Bobby. You go an tell um happy new year fae me eh? Ye kin take a few beers oot the sideboard fur um if ye like?'

Ah dinnae like tae leave Faither but ah cannae sit in this morgue so ah nip tae see Archie masell. He's ma faither's best mate an he lives in the highrise nixt tae oors. Ah've ayeways gote oan well wi um an ees guid at advice when ah'm needin some.

It's like an ice rink ootside an ah slide ma way ower tae ees flat, dodgin the drunks. When he opens the door ah hardly recognise um. Last time ah wis here he hud long grey hair wi a ponytail doon tae ees waist but ees hud it cut tae ees shooders. He says he fancied a different look fur the new year comin in. Ah like it. Ees glad tae see me an ah gie um the beers.

Archie's flat is braw. It's aye warm an cosy an ah like aw the stuff ees gote lyin aboot. Thur's loads o ornaments fae different countries. He brought thum back wi um when he came oot the Navy an thur's a story that goes wi every wan. Thur's wee Japanese vases, an Indian head dress an a big stuffed kangaroo fae Australia. He's gote loads o pictures o the navy pals he hud an aw the ships he worked oan tae. It's like a wee charity shop. Ah like visitin um. Oor hoose is dead miserable the noo so it's guid tae talk an huv a laugh. Archie brings oot ees bottle an pours us baith a whisky. He likes ees bevvie an ah think ees already hud a few cos ees face is shinin like a Belisha beacon an ees eyes ur aw glassy. Ah nivver yased tae like drink cos wan time Archie geid me beer an ah gote dead sick. Ah'm allergic tae it. The whisky tastes awright though so ah drink it doon. It makes me feel aw warm in ma belly. Archie raises ees glass.

'Let's toast yer maw, Bobby. Tae Ena… hope ye get better soon. An a toast tae yer faither tae. Tae Alec… lang may yer lum reek. Cheers.'

We clink oor glasses thegither an huv a guid blether aboot ma maw bein ill an that. Ah tell um ah'm miserable but Archie disnae like it if ye get negative aboot stuff so he tries tae cheer me up an says that ees sure everythin's gonnae work oot an Maw'll be hame soon. Ah'm feelin dead comfy so ah decide tae tell um aboot losin ma joab. Ah've no telt a soul afore but ah think the whisky hus loosened ma tongue.

'Archie, kin ah tell ye a secret?'

'Course. Ye kin trust me, Bobby. Dinnae tell me ye've gote a lassie up the duff?'

'Naw, it's no that, Archie.'

'Whit is it then?'

'Well, mind you gote me the joab wi Ronnie McManus?'

'Aye. Ah heard ye loast it. Ah'm awfi sorry son.'

'It's awright but if ah tell ye somethin, will ye promise no tae say onythin?'

'Scouts honour.'

'Well, jist afore Christmas, him an ees missus tried tae set me up as a drugs runner.' He looks dead shocked.

'Fur fuck's sake, Bobby. Whit happened?'

'They telt me they wur helpin the less fortunate, gein thum free Christmas cakes. They asked me tae help deliver thum tae aw the hooses. Sheila McManus took me in er car. Ah hudnae a clue they wir loaded wi drugs. Ah wis deliverin wan when ah heard the polis bell. She jist drove away an left me. Ah ran fur ma life an managed tae scarper afore they gote there.'

'Jesus Christ, Bobby. Ah knew they wur banged up in Barlinnie but ah hud nae idea you wur part o it. Thur a couple o bastards. If ah hud known ah widnae huv gote ye the joab...'

'It's no your fault Archie. Ah'm jist sick wi worry that they're gonnae tell oan me. Ah'm no sleepin. Ah lie awake aw night, waitin fur a knock oan the door.'

'Aw, dinnae be daft. It aw happened weeks ago. Yer worryin ower nuthin son.'

Ah feel dead relieved. Ah'm sure Archie's right. Too much time hus passed fur thum tae say onythin. Ah'm feelin better noo ah've telt somebody. Archie pours me anither whisky.

'C'mon, Bobby. It's nearly 1969. Forget McManus. This'll be a guid year fur us son. Whit's yer new year resolution?'

'Ah need tae get masell a girlfriend, Archie. Everybody else hus gote wan except me.'

'So whit's stoppin ye, wee man?'

'Well, ah'm no exactly sure. Ah hud wan at the school. Fur a week. Then she chucked me an ah huvnae gote ower it. Ah thought it wis ma carrot heid an chicken legs but it wisnae. A big blonde laddie called Gordie stole er aff me. Bastard. Ma confidence went doon the lavvie pan.'

'Aw c'mon, Bobby. Thur's hunners o lassies oot there. Thur's wan jist waitin fur ye.'

'Ah hope so, Archie. Ah've made a plan tae get wan this year. Ah've been learnin some chat up lines but ah'm no sure if they'll work?'

'Well, mibbe ah kin help ye there. Ah've probably yased every chat up line in the book in ma time.'

He tells me that when he wis in the navy he hud a lassie in every port. That means ees dead experienced wi this. Could be guid.

'Right' he says, 'Go fur it, Bobby. Try thum oan me an ah'll tell ye whit the lassies ur likely tae say back tae ye.'

'Ok Archie. That'll be guid. Ah've wrote thum doon. Ah gote thum aff the telly. The *Francie an Josie* show? Archie's eyes light up.

'Aw, they pair ur hysterical. Ah luv that programme.'

Ah get the bit o paper oot ma pocket.

'Right, Archie. Ur ye ready?'

'Go fur it.'

'Ma first wan is... *Dae ye want tae go halfers oan a baby*?'

Archie looks at me an screws up ees face.

'Whit? Ur ye kiddin? That'll get ye a slap roond the chops fur a start.'

Ah'm crushed but ah try again.

'Right. Well, how aboot this wan then... *That frock wid look guid oan ma bedroom flair*.'

'Aw c'mon, Bobby. That's shite an aw.

Ma confidence is shot tae bits noo. Ah thought they wur quite guid tae. Last try.

'Ah've gote wan mair... *Here's a shillin hen. Phone yer maw an tell er ye'll no be hame the night*.'

Archie's no impressed wan bit.

'Ah think ye should gie this up Bobby. Yer rubbish at it.' He starts sniggerin.

'Aw Archie, it's no funny. How am ah gonnae get a lassie if ah cannae even dae the chat up bit.'

'Look... Lassies like a laugh, right?'

'Right.'

'So ye huv tae be a bit o a comedian, Bobby. Jist tell thum some guid jokes.'

'Aw, this is hopeless Archie. Ah'm no a comedian. Ah cannae tell jokes.'

'Ah'll gie ye some o mine. Try this wan... a lassie phones er faither an says '*Kin ye come fur me Da, ah've missed the last bus an it's pissin wi rain.*'

He asks er where she's ringin fae an she says... '*Fae the tap o ma heid right doon tae ma knickers.*'

Ah roll aboot laughin. Archie's brilliant at tellin jokes.

'Or ye kin try this wan... *Ma pal's ears ur huge. He looks like a taxi wi the doors open.*'

Wur creasin oorsels. He's oan a roll noo.

'This is ma favourite... A man says tae ees ugly pal... *Whit ur ye gonnae dae fur a face when King Kong wants ees arsehole back*?'

That finishes me. Ah'm oan the flair an ah'm laughin that hard ma belly's achin. Ah've been dead miserable lately so it feels guid. Archie hus that way aboot um. Ee's a happy geezer an it rubs aff. He helps me practice the jokes an we're huvin ah right laugh when, oot the blue, he drops a clanger oan me.

'By the way Bobby, yer invitit tae a weddin.'

'A weddin? That's guid Archie. Ah could dae wi a bash tae cheer me up. Whose weddin is it?'

'Mine.'

Ah cannae believe ma ears.

'Yours? Ah didnae think ye hud a wumman Archie?'

'Aye. It's been aff an oan fur years an ah finally decidit ah should settle doon. She'll be here in a wee while.'

He tells me that when he came oot the Navy he hud a stall at the Barras sellin spare parts fur washin machines. She worked oan the hot food van an he gote dead fat eatin hunners o bacon sannies while he plucked up the courage tae ask er oot. Er name's Betty an she's ten years younger than um. She's a singer in The Crown pub an, accordin tae Archie, she's dead braw lookin. Ah'm happy fur um. Cannae wait fur the weddin. Thur gonnae huv Betty's band an loads o food an drink. It's a bit away yet, in April, but it's somethin tae look forward tae. Mibbe ah'll huv a girlfriend by then an ah kin ask er tae come wi me. Ah suppose Maw an Faither'll be there an aw, that is if Maw's well again.

Ah dinnae want tae cramp Archie's style so ah decide tae leave afore Betty arrives. Ah've hud a great night an ah'm feelin dead happy but it disnae last long. Oan ma way oot ah stoap deid in ma tracks. Archie's kitchen door is hauf open an oan ees table ah kin see a box. A cake box… tied wi ribbon an holly. It's the same as the box ah wis deliverin cakes in fur McManus. Boxes o Christmas cakes fu o drugs. Naw… this cannae be right… Archie widnae be involved wi… Ah turn tae face Archie an ah kin see by the look oan ees face that ah'm right… Ah'm gutted.

He's the only real pal ah've ever hud an ees a drug dealer… or an addict… or baith? Archie kin see ah'm no happy. He shuts the kitchen door an asks me tae come back intae the livin room. Ah cannae think straight an ma legs ur wobblin like a jelly.

'Bobby… ah need tae explain somethin tae ye son. Sit doon a minute.'

Ah sit oan the edge o the chair but ah'm that disappointit ah cannae look um in the eye.

'Bobby... you an me huv been pals fur a while noo eh?'

Ma voice is aw shaky when ah speak.

'Aye Archie. We huv.'

'Well... ah've hud a colourful past Bobby. Ah gote intae a bit o bother last year. Ah wis gamblin a lot an ah finished up owin a load o money tae wan o the biggest gangsters in Glesga. Ah couldnae pay um back so he startit threatenin me wi aw sorts o stuff. Stuff that didnae bear thinkin aboot. Ronnie McManus bailed me oot... paid the bastard aff... an saved ma life. Only trouble wis... he expectit somethin in return... he startit puttin pressure oan me tae carry drugs fur um. Jist the same as he did tae you Bobby. Noo, when ah gote ye the joab wi um ah didnae expect um tae get you involved. Ye huv tae believe that. Wan night in the pub, jist afore Christmas he telt me that you hud agreed tae deliver cakes fur um. Ah wis beside masell. Ah knew ye wid be in big trouble if ye were caught so ah followed ye that night. Ah drove behind Sheila McManus's car aw the way roond Easterhoose an when she parked up at the last hoose ah called the polis an telt thum whit she an McManus wur up tae. Then, ma plan wis tae pick ye up in the car, but ye ran that fast ah loast sight o ye. Ah'm really sorry Bobby. Ah really mean that.'

Ah'm feelin aw light heided wi the whisky an ah cannae think straight so ah jist tell Archie ah huv tae get hame. He tries tae stoap me.

'Aw Bobby... dinnae leave yet. Ah kin see yer upset. Let's huv anither drink an talk aboot this. We've been great pals, you an me. Ah dinnae want tae start the new year no speakin?'

Ah couldnae get ma heid roond it. Then, oan ma way hame ah thought aboot it. He wis jist tryin tae help me oot. Ah believe um that he wis worried aboot me an didnae want me tae get lifted.

Ah think ah'll keep aw this tae masell cos ah want tae stay pals wi Archie. He's the only pal ah've gote. He tried tae fix it an ah need tae forget McManus. Ah'll go back themorra an see Archie an tell um it's awright.

Ah wis worried that ma faither wid be oan ees ain at the bells but ah neednae huv rushed hame cos when ah get in ees in ees bed. The wee jewellery box is finished an it's sittin oan the mantlepiece. Ah turn oan the telly but ah keep it dead low so ah dinnae wake um up. *The White Heather Club's* oan an Andy Stewart's swingin ees kilt an singin *Donald Where's Yer Troosers.* Then, at a minute tae twelve, they aw go quiet tae wait fur the bells. Five... four... three... two... one... Oan the first strike everybody goes daft, jumpin aboot, kissin an huggin each ither an shoutin *Happy New Year.* Then they staund in a circle an join up thur haunds tae sing *Auld Lang Syne.*

Should auld acquaintance be forgot... and never brought tae mind...

Noo ah understaund the reason fur the misery at the bells. Ah wis feelin dead happy till ah heard that fuckin song. It makes everybody greet. Ah start an ah cannae stoap. Ah'm sobbin like a wee wean. It must be the Archie thing... or the whisky... Naw, it's no aw that... It's cos ah miss ma maw an ah want er tae come hame.

3 | Action Man

It's the ninth o January an ah'm awfi glad the new year's in. Time tae pit ma four bit plan intae action. Gettin Maw well wis the first bit but that's no gonnae happen cos Faither says she's tae be in the hospital fur a long time. Yisterday he came back dead upset cos the nurse telt um thur gonnae pit some electric thing oan er heid an gie it a shock tae make er happy again. The thought o that geid me nightmares. Ah decide that if ah kin find Maw's real faither then they kin forget that stupit idea. Ah think back tae the day she gote ill an worked oot that it's aw aboot er faither. Naw, it's aboot er no huvin wan. Fur years she thought Harry wis er faither then ma granny Pat said he wisnae. She came fur wan o er visits an we wur sittin eatin mince an tatties when she jist blurted it oot tae Maw. She said *Harry's no yer faither. He wis workin away an ah went wi ees pal. That's where you came fae.* Aw hell broke loose, Maw loast the heid, wrecked the place an didnae come oot er room fur days. Faither brought the doctor in an he said she hud depression an that's when they took er away. So… ma plan is tae find er faither. That's the answer. It's no gonnae be easy though. Ah'll need tae speak tae ma granny. She's a wicked big bugger an ah'm no lookin forward tae seein er but ah'm no lettin er aff wi it either so ah'm gonnae go an see er this efternoon.

Granny lives in the auld tenements in Govanhill so it's no far oan the bus. The closer ah get the mair uptight ah get. Ah'm expectin an argument. When ah wis wee we went there a lot but then Maw an Granny startit arguin aw the time an we stoapped goin. Ah get tae the hoose an chap the door. Nae answer. Ah chap again but still nuthin. Then ah see wan o er neebors pittin er rubbish oot. Ah ask er if she's seen ma granny.

'Ah'm lookin fur ma granny Pat? Ye huvnae seen er huv ye?'

The neebor seems quite nice.

'Aw, you must be Bobby?'

'Aye.'

'Well, ah wis gonnae try an see yer maw aboot Pat. Ah'm worried aboot er. She came hame fae the shops yisterday mornin an ah huvnae seen er since. We go tae the highland dancin class oan a Wednesday night but when ah chapped the door thur wis nae answer?'

Ah huv a vision o Granny daein an *Eightsome Reel* an it's no a pleasant wan. Ah try the door but it's locked.

'Ah'll see if thur's a windae open at the back. Mibbe ah kin climb in.'

'Good idea son. Ah'm away in tae make ma mans tea.'

Well, there ye go then, hen. She could be lyin deid in there. Shows how much you gie a shit.

The neebor goes tae er front door an shouts ower the fence.

'Let me know how ye get oan Bobby. She's a nice auld biddy.'

Is she fuck. She's a nasty piece o work.

Ah go roond the back o the hoose an thur's a windae open. Thur's jist enough room fur me tae squeeze through. Ah get in an huv a wander through the hoose. Whit a tip. Thur's stuff lyin aboot everywhere. Dirty dishes wi hauf eaten food, auld clathes in a pile oan the flair, hunners o auld papers an a piggy bank, smashed tae pieces oan the table. Nixt tae it is a note.

If onybody reads this an wunders where ah am then ye kin bugger aff cos ah'm no tellin ye. Aw ye need tae know is that ah'm away tae find Harry cos ees disappeared. Pat.

Fuck. She thinks er man Harry's still livin. Ees ben deid fur years. Whit dae ah dae noo? Ah need tae tell Faither whit's happened. Ah go nixt door an tell the neebor that Granny's done a disappearin act. She disnae look that surprised. Mibbe this is no a first.

Ah get the bus hame an when ah show ma faither the note he jist shakes ees heid. This is aw he needs wi everythin that's goin oan. Faither gets ees coat an we head back oan the bus tae look fur Granny. We walk aw roond Govanhill, up an doon aw the streets but thur's nae sign o er.

'This is useless, Bobby. We better get the polis.'

We head tae the polis station an wur no long in when we see the local bobby comin through the door wi Granny in hand-cuffs. He's a wee skinny runt an ma granny's dead fat. They remind me o Abbot an Costello. She's wearin the big fur coat that gies me the heebie jeebies. It's like a deid animal. Faither goes ower tae thum.

'This is ma mither in law. Whit's happened?'

The bobby jist laughs.

'Ah found er in the graveyard, helpin ersell tae the floral tributes. When ah tried tae stop er she started hittin me wi a big plastic Jesus. Ah wis forced tae cuff er.'

Granny husnae worn er falsers fur years. She gies the polis-man a gumsie smile.

'Yer a braw lookin wee bugger. If ah wis twinty years younger ah wid...'

Faither cuts er aff.

'Right Pat. Let's get ye hame. Ye've caused enough trouble fur wan night.'

The bobby unlocks the cuffs an tells Granny she's lucky no tae be charged wi assault. Faither apologises an we get Granny back tae er hoose. She's dead agitatit an starts pacin aboot the livin room, cursin an swearin.

'Whit did they huv tae poke thur bloody noses in fur onyway? Ah wis jist gettin some flooers fur masell. They should be oot arrestin burglars an no interferin wi auld folk who ur jist tryin tae cheer up thur livin rooms.'

Faither tries tae calm er doon.

'Pat, ye cannae steal the flooers aff the graves. It's disrespectful fur a start an besides, folk pay a lot o money fur thum. Whit ye did wisnae right.'

That makes er even mair agitatit.

'Och, away an bile yer heid Alec. Why wid onyb'dy buy flooers fur deid folk. They cannae smell thum. Waste o money ah say. Thur better in a vase oan ma table.'

Faither disnae argue wi er. Nae point cos she's no listenin.

Granny's ready fur er bed when we leave. She's some sight in a manky, pink dressin goon. She looks like a beached whale an the purple hair net disnae dae much fur er either. We get tae the door an, afore we kin say cheerio, she slams it in oor faces.

So, ah didnae get the chance tae ask er aboot Maw's faither. Ah'll huv tae go back anither time tae find that oot. Efter er cairry oan the night ah'm no sure ah'll get much sense oot er but fur Maw's sake ah huv tae try, an onyway, ah need tae find ma real grandad. Ah'm knackered noo wi aw the drama so ah'll make a plan themorra.

4 | Bobby's Close Encounter

Ma four bit action plan is slowly goin doon the Swanee. Maw's still ill an ah huvnae found er real faither so that's the first two bits buggered. Mibbe the third bit's gonnae be easier. Ah'll need tae get a girlfriend. Ah've heard that if ye go tae the dancin at the Barraland Ballroom thur's dozens o lassies there an thur aw gaggin fur it. No sure whit that means but ah'd like tae find oot. Ah cannae go masell though cos ah've heard the *Cumbie Boys* gang go there an the last thing ah want is tae come face tae face wi that lot. Ah'd finish up wi mair stitches than a balaclava. Naw, ah need tae find a pal tae chum me. Ah'll ask Malkie MacInally. Ah met um when ah wis workin fur McManus. Ees a dustbin lorry driver an he wis ayeways talkin aboot the Barraland. Ees livin jist a few streets away fae me so ah go roond tae ees hoose tae ask um. Ees in when ah get there. He talks fur Scotland.

'How's things, Bobby? Ah huvnae seen ye fur ages. Ah heard McManus hud ees buildin company shut doon an ye aw loast yer joabs? Ah couldnae believe it when ah heard he wis a drug dealer. Ah thought he wis a respectable business sort an he turned oot tae be a right gangster eh? Hard tae believe. It jist shows ye Bobby that ye cannae judge a sweetie by it's wrapper.'

Ah jist agree. He disnae huv tae know aboot me bein involved in it aw. Only Archie knows the real story.

Ah'm no quite sure how tae ask Malkie tae come tae the dancin wi me. Ah dinnae want um tae get the wrang idea. Ah jist go fur it.

'Malkie, ah wis wunderin if ye fancied comin wi me tae the Barraland dancin oan Saturday night. Ah need tae start goin oot wi lassies an ah dinnae want tae go masell an staund aboot like a spare prick?'

He seems keen.

'Nae bother Bobby. Come wi me. Ah go every Saturday. Dean Ford an the Gaylords ur playin this week. Thur a good group. Ye'll enjoy it an yer sure tae get a lumber cos thur's aye-ways loads o lassies lookin fur some action.'

'Dae ye think ah'll get in though Malkie. Ah'm no sixteen till March?'

'Och, dinnae worry aboot that. It'll be mobbed so ye'll no be noticed. Ah nivver go in the front doors onyway. Ma mate's a bouncer an he opens a back windae fur me. Ah dinnae pay tae get in.'

Ah hudnae thought aboot money fur gettin in so that wis a relief. Faither's strugglin the noo so ah cannae ask um fur any. Malkie says he'll meet me at the back o the hall oan Saturday, at seven. Ah go hame happy.

When ah tell ma faither ah'm goin dancin tae the Barraland he tells me that's where he first met Maw. We sit fur ages talkin an he tells me aboot aw the bands that played there an whit a great time they hud. Ah've no been tae a dance afore so ah'm dead nervous. Faither reckons ah'll huv a great time. Efter talkin tae

Malkie, ah'm no convinced. He said that when the slow music comes oan ye kin ask a lassie up tae dae a 'moonie'. Ah hudnae heard o that but he telt me it's a slow dance. Ye pit yer airms roond the lassie's waist. She pits her airms roond yer neck an ye baith shuffle aboot the flair, no really goin onywhere, jist movin yer feet, fae side tae side. Then, if ye get a chance, ye kin kiss er. Aw fuck. Ah cannae dae dancin or kissin. Ah'm startin tae panic an it's only Wednesday.

Ah need tae pit in some dancin practice afore Saturday comes. Ah go through ma record collection tae find a slow song. Ah've only gote five so thur's no a lot o choice. Ah find *The Last Waltz* by Engelbert Humperdink an ah spend the nixt two nights in ma bedroom dain loads o moonies wi a cushion till ah get ma feet workin right. There's no much tae it so ah'm feelin confident aboot that bit. Ah jist need tae get the kissin stuff right an that's me sortit.

Ah watch the telly till a film comes oan wi a kissin bit in it an ah sit dead close tae the screen an concentrate. Ah work oot that ye pit yer mooth oan the lassie's mooth an suck it. Then ye move yer mooth fae side tae side an roond an roond. Ah draw a pair o red lips oan the bathroom mirror wi wan o Maw's lipsticks an practise it. Ah'm jist gettin it when ma faither walks in. He jist staunds there, starin at me while ah'm blubberin like an eejit, tryin tae explain. The movin aboot hus spread the lipstick aw ower ma face, up ma nose an doon tae ma chin. When ah tell um ah'm scared o kissin a lassie he jist laughs. He tells me no tae be daft an if it happens oan Saturday, it'll come natural tae me. Ah get masell cleaned up an Faither says we kin go tae C&A an get a new shirt an tie. Ah've gote a poster o The Beatles oan ma bedroom door an thur wearin they skinny leather ties so ah'm gonnae get wan o them. Ah think ah'll look dead smart wi that oan.

It's Friday an aw ma confidence hus drained away tae nuthin.

Fair enough, ah think ah kin dae a moonie an ah'll deal wi the kissin bit if it happens but ma worry is… how am ah gonnae get a dance in the first place? Ah've been slagged aff fur years fur ma carrot heid an ma chicken legs, so whit lassie's gonnae want tae be seen dancin wi me? Ah think I might gie this a miss. Naw, that's daft. Ah'll gie it a try.

Saturday comes an Faither helps me tae get ready. Ah've managed tae comb aw ma hair forward tae look like John Lennon an ah've gote the new shirt an the skinny tie oan. Faither sprays me wi some o ees *Auld Spice* smelly stuff an then he gies me a broon paper parcel. Ah open it up an it's wan o they jaikets wi nae collar, jist like aw the pop stars ur wearin oan the telly. Ah'm ower the moon. Faither looks happy that ah'm happy.

'Noo, dinnae get too excitit son cos it's no a new yin. Ah gote it in the second hand shop fur ye. It's cauld ootside an ah thought ye wid need it. Ah hope it fits ye?'

Ah try it oan. It's a wee bit too big fur me but ah dinnae care. Ah look in the mirror an ah'm pleased wi whit ah see. Bobby Muldoon is dressed up tae the nines an ready tae go. Barraland here ah come!

Ah meet Malkie at the back o the Barraland. Right enough thur's a windae wide open leadin intae a store room. We climb in an sneak through tae the ballroom.

Ma eyes pop oot ma heid. Thur's hunners o folk packed ontae the flair an thur dancin like maniacs tae the music. The band is high up oan a stage an the lassies are aw crowded at the front screamin at the tap o thur voices. Hingin fae the roof is this giant, silver globe thing. It's lit up an when it goes roond thur's aw these wee coloured lights floatin aboot the dance flair. Ah like this place. Malkie gets us a beer. Ah dinnae tell um ah'm allergic. Dinnae want um tae think ah'm a wee weed. We huv a look at the lassies. Thur's seats roond the flair an thur aw sittin, jist waitin tae be asked up tae dance. They aw look the same.

Mini skirts, white knee length boots an black eye stuff that makes thum look like pandas. Thur aw gigglin an gettin drunk oan cider an Babycham. Fuck. This is scary. Ah need advice. The music's that loud ah huv tae shout.

'Malkie, if ah want tae ask a lassie up fur a dance, whit dae ah say?'

'Jist try an look cool an say… ur ye dancin?'

He sees the terrified look oan ma face.

'Dinnae panic Bobby. Jist gie it a try. Here… ah'll haud yer drink.'

Ah've gote a problem wi sweatin an the thought o this kicks it aff. It's boilin in here tae so, by the time ah walk ower tae the first lassie, ma oxters ur drippin an ma John Lennon hairdo is aw stuck tae ma face. Ah staund nixt tae a lassie's seat an take a deep breath.

'Ur ye dancin?'

She gets up. Fuck. She must be six feet. She looks doon at me, laughs, an shifts tae anither seat. Whit a red neck. The nixt wan ah try is jist as bad.

'Ur ye dancin?'

'Naw, it's jist the way ah'm staundin.' Then she looks at me as if ah wis shit oan er shoe. Bitch. Ah'll try wan mair an, if she disnae get up wi me, ah'm gonnae go hame.

'Ur ye dancin?'

'Ur ye askin?'

'Aye, ah'm askin.'

'Then ah'm dancin.'

Third time lucky. Ah'm gettin a dance an ah'm rarin tae go. We get up oan the flair. She's the same height as me so that's a plus. We start divin aboot tae the music. Ah'm no really sure whit ah'm daein but ah jist fling masell aroond a bit. The music gets louder an ah kin hardly hear er so ah huv tae go dead close when she speaks. She smells guid. Then she shouts ower at me.

'Whit's yer name then?'

Ah shout back.

'Robert James Muldoon. Whit's yours?'

'Jeannie.'

'That's a lovely name.' Aw fuck, that sounded dead stupit.

Ah huv a guid look at er while she's dancin. She's no the maist attractive lassie ah've seen the night... kinda auld fashioned lookin, dead skinny, wi a pony tail an glasses. She's no wearin a pile o crap oan er face like the ither lassies. She's no like aw them. She's different an thur's jist somethin aboot er ah really like. Then it dawns oan me. She's happy. She's no stoapped smilin since we gote up tae dance an er smile jist makes me want tae smile tae. She's gote nice teeth. We're huvin a right laugh, dancin like crazy. Then it happens. The dreaded 'moonie'. The group starts playin a slow song an aw the couples ur wrapped roond each ither, shufflin aboot the flair. Jeannie moves in an pits er airms roond ma neck. Ah pit ma airms roond er waist, jist like Malkie telt me. Then she pits er heid oan ma shooder an gets close. Too close. Ah go intae a blind panic cos ah kin feel er diddies pressin against me. Ah cannae stoap shakin but ah'm determined no tae blow it so ah close ma eyes an kid oan ah'm practisin in ma bedroom an she's a cushion. It works. Ah'm gettin the hang o it an ah've nivver felt sae comfy. Ah look aroond an ah spy Malkie dancin wi a stunnin blonde lassie. Fae behind er back he gies me a thumbs up an ah gie um wan back. Withoot warnin, Jeannie lifts er heid aff ma shooder an kisses me, right oan ma mooth. That kiss wis the maist excitin thing that's ever happened tae me. Jist as Faither said, it wis dead natural. She did maist o the mooth movin stuff an ah jist copied er. We finished up sittin at the side o the dance flair, winchin, aw night, till they turned the silver globe aff. Whit a night!

Malkie leaves wi the blonde an me an Jeannie start walkin hame. It's freezin so ah pit ma airm roond er an she snuggles up tae me. We talk aboot loads o things. She tells me she's sixteen an still at the school. She says she's gonnae be a teacher. She must be dead brainy fur that. Then she talks aboot er faimily. She's gote a brother, Tommy, an a sister, Ina. Her maw's a cleaner an er faither works at the shipyard as a welder. Ah tell er aboot ma faimily tae but ah leave oot ma maw's depression an ma mad Granny. Dinnae want tae scare er aff wi aw that stuff. It turns oot she lives in the highrise nixt tae oors, same wan as Archie. We get tae er close an she switches the lights oan.

'Ah better go Bobby. Ma da likes me in afore midnight.'

'Ok. Kin we see each ither again though Jeannie?' Ah'm fu o self confidence noo.

'Ah'd really like that.'

'Dae ye want tae go tae the pictures oan Monday night then?' Ah'm gettin braver by the minute.

'Aw Bobby, ah'm no allowed oot durin the week. Ah huv tae dae ma schoolwork.'

We make a plan fur the nixt Friday an she gies me a kiss. Ah kiss er back.

'Cheerio then, Bobby. Thanks fur a guid night.'

Ah tell er ah've hud a guid night tae an she turns an disappears up the stairs. Ah hear er door shut an ah jist staund there. Ah'm happy, happy, happy. Ah've gote a girlfriend. At last ah've gote a girlfriend. Ah run across tae ma bit an dive up the stairs.

Faither's waitin up fur me an we sit wi a hot chocolate an ah tell um aw aboot Jeannie. Ee's pleased that ah've enjoyed masell. Ah wish he wis feelin as happy as me. We talk fur a bit aboot Maw an ah try tae tell um that everythin's gonnae be awright. He disnae look convinced an he jist says guid night an goes tae ees bed. Ah kin see Jeannie's highrise fae oor balcony an ah staund there fur ages jist lookin oot... an smilin.

Ah think ah'm in love. Naw, ah'm definitely in love. In fact ah think ah wid like Jeannie tae be the mother o ma weans.

Oan a Sunday mornin it's ma joab tae get Faither's *Sunday Post.* The paper shop is in the Cumberland Arcade, right under oor buildin. Thur's a board ootside an it tells ye the news aboot Glesga. The writin oan it stoaps me in ma tracks. It says, *Police Hunt Continues for the Brutal Barrowland Murderer.* Ah get the paper an read it oan ma way back up in the lift. Fuck. It says that a year ago, a lassie called Patricia Docker wis at the Barraland an oan er way hame she wis raped an murdered. They say whoever done it wis stalkin er at the dancin an followed er. Thur still tryin tae catch who done it. Shit. Ah jist hope they find the bastard soon. Ah widnae like tae think they'd be back fur anither lassie. Dinnae fancy sharin the dance flair wi a murderin rapist. Ah'm glad Jeannie wis wi me last night. She could be deid this mornin. Ah cannae bear thinkin aboot that so ah think aboot Faither's Sunday fry up waitin fur me.

Faither goes tae see Maw every Sunday efternoon. The day, when he gote back he says ah've tae go tae the hospital wi um oan Wednesday.

'Bobby, the doctors huv set up a coonsellin session fur yer maw. They want us tae be there tae. They said it'll help er if she hus er faimily roond er.'

'Is that a guid thing then Faither... this coonsellin stuff? Will it make er better?'

'Ah'm no clear how it works son but anythin's worth a try. We really need tae help er get well again. Let's jist wait an see whit happens oan Wednesday eh?'

'Aye. Ah'll be glad tae see er.'

'An she's lookin forward tae seein you tae.'

'Did she say that?'

'She did.'

5 | Coonsellin Clap Trap

Woodilee Hospital's fur folk that ur depressed. It's aboot ten miles away, in Lenzie. Faither's been takin the bus every time tae visit Maw but Archie's drivin us there the day. When we turn intae the gates ah cannae stoap shakin. Whit a place. It's a huge, auld buildin wi a tower at the top. Dead miserable lookin. This place surely cannae be helpin folk oot thur depression? It wid make ye depressed jist lookin at it. Archie's cousin lives no far away so he says he'll go an see um an come back later fur us.

The place is even worse inside. It's freezin an thur's big long dark corridors wi hunners o doors. Thur's aw these nurses walkin aboot wi weird lookin folk in dressin goons. Wan man nurse is haudin a scary wumman by the airm, haulin er alang the corridor. When they get tae wan o the doors he opens it an tries tae get the wumman tae go in but she starts screamin an makes a run fur it. Faither stoaps me an we jist watch the pair o thum. The nurse runs efter er, jumps oan er an they baith land on the concrete flair wi a thud. Fuck's sake. Then, fae naewhere, anither three men nurses appear an they lift the wumman up aff er feet, bundle er intae the room an slam the door shut. Ah kin still hear er screamin. This is worse than a horror film. Ma legs ur like jelly noo. Faither asks directions tae room twinty three. It's bare an cauld wi jist four metal chairs in the middle. Faither wis right. This isnae a place fur wee laddies. We sit doon an wait. A nurse brings Maw in an shows er tae a chair. She's lookin well an she gies me a wee smile. Ah want tae go ower an hug er but Maw's nivver been good at that so ah jist sit still. Then the coonsellin wumman comes in wi a big broon folder in er haunds. Maw looks at me an raises er eyes tae the roof. Take it she disnae like er much.

'Well now, Ena. So this is your family. How nice.'

She shakes ma faither's haund an ruffles ma hair. *Anither yin that thinks ah'm ten. Oh tae be six feet wi biceps.* The wumman sits doon beside Maw an introduces ersell tae us. Madeleine Symington-Smith. Whit a name tae be labelled wi. She looks like a right hippy. She's gote a big frock oan, covered in flooers an er woolly stockins ur aw bobbly. Er leather shoes would be guid fur a miner in the pit. Whit a state. She pushes back a great big load o fuzzy hair an starts talkin tae us.

'Right. We'll get started shall we? Mr Muldoon, I wanted you and your son here today to help Ena. To allow her to speak about how she has been feeling and to hopefully aid her recuperation.'

Maw heaves a sigh an leans back in er chair. She's no intae this an she's makin that quite clear.

'Ena, would you like to start by telling us what you think brought you here initially?' Maw gies er a nasty stare.

'That's surely your joab hen, no mine.'

A guid start.

'Yes… I appreciate what you are saying, Ena but I wanted

you to tell us in your own words. Talking about it can help you know. It's imperative that you express your innermost thoughts and emotions. That, in turn, helps you to understand your condition that little bit better?'

Maw sighs again.

'Ah huvnae gote a *condition.* Ah keep tellin ye. Ah wis jist fed up an you lot in here decidit ah wis aff ma heid.'

This is no goin well so far. It disnae help that the hippy wumman is spoutin gobbledegook. Faither chips in.

'Ena, kin ye try tae tell us whit yer feelin? It might help ye?'

'Ah'll tell ye exactly how ah'm feelin. Pissed aff. Big time. Ah'm sick o a crowd o numpties in white coats nippin ma brain an talkin shite. Thur's nuthin wrang wi me an aw ah want is tae go hame. There. That's how ah'm feelin. Ur ye aw happy noo?'

The wumman turns tae me. Fuck.

'It's Bobby isn't it?'

Maw interrupts er.

'It's no Bobby. It's Robert James Muldoon. He's only Bobby tae folk he likes.'

Ah think the wumman's losin er patience noo. Ah cannae decide if she's smilin or barin er teeth.

'Fine... Ok... Robert, can I ask you to think back to the day your mother took ill? Can you give me what you think your initial, emotional response was to that upsetting situation?

Ah've gote nae idea whit she's blabberin aboot. Ah cannae answer er.

'Ok... let me put it another way. I understand you are probably suffering from huge abandonment issues but can you tell me what your deepest, innermost reactions were when your mother left you?'

Faither sees ah'm strugglin an answers fur me.

'We wir baith really upset that day.'

The wumman nods er heid.

'Totally understandable, Mr Muldoon.'

Faither's no finished.

'Ah huv tae say that Ena looks a lot better. Ah think she should come hame noo. Ah dinnae think this place is guid fur er. She'll get better quicker if she's at hame."

The wumman isnae happy.

'I hate to disagree with you Mr Muldoon, and I'm sorry to say this but you are very wrong to think your wife is better. She may look well on the outside but her inner emotional turmoil is still a problem. She hasn't expressed her feelings in all the time she's been here. I need her to admit she is struggling and accept my help and advice. I am very experienced with this type of mental illness and…'

Maw lets rip at er, no even stoppin fur breath.

'Will ye quit talkin aboot me as if ah'm no here.' She turns tae Faither. 'See whit ah mean? There she goes again, sayin that ah'm mental.'

Maw's staundin up noo. This could get oot o haund. The wumman staunds up tae.

'Ena, calm down dear. We are all here to help you.'

Maw's no listenin.

'Let me tell ye somethin, smart arse. Ah'm no needin yer help. Ah've still gote aw ma marbles an ah'm finished wi yer coonsellin clap trap! Ah kin tell whit yer daein. Yer jist dyin fur me tae tell ye that ah hud a traumatic childhood an that ah wis abused an abandoned. Then ye kin call it a *condition*, find a big long name fur it, stick an electric wire tae ma heid an blast me fae here tae Glesga Green. Well, ah'm no huvin it, dae ye hear me? Ah'm jist no huvin it.'

Faither staunds up, goes ower tae Maw an pits ees airm roond er shooders. First time ah've ever seen um dae that. Then he looks straight at the wumman an ees voice is dead calm when he speaks.

'This needs tae stoap noo. Tae be honest ah think Ena should come hame. We kin look efter er there.'

Before ah kin button ma lip ah hear masell rantin at this big flower pot wumman whose tryin tae turn ma Maw intae a lunatic.

'Ma faither's right. Ma maw needs tae come hame wi us. She's jist gote *fedupness* an yer makin oot she's gote somethin wrang wi er heid. Well, Mrs Smithereens, yer wastin yer time. Maw needs tae be at hame wi er Hoover an er knittin. That'll get er better cos that's whit she likes so...'

Mrs Fuzzy Heid is fumin. She looks as if she's gonnae greet.

'Alright. Have it your way but I have to say that I've done my very best with Ena. Unfortunately, it seems to have fallen on deaf ears. She will have to sign herself out of hospital and I need to make it clear it's against my advice. I'll speak to her doctor and let you know what he says. I just hope you know what you're doing.' An wi that she storms oot an slams the door.

The nurse tries tae take Maw away but she refuses tae budge so she tells us tae wait an she'll be back. An hour an a hauf later we're in Archie's car... oan the way hame... wi Maw... an er discharge papers. She rips thum up an flings thum oot the car windae. Then she starts er usual rantin. It's music tae ma ears.

'Ah'm tellin ye, someb'dy needs tae pit a bomb under that place. It's no fit fur an animal. Kin ye drive a bit faster Archie. Ah need tae get hame... an by the way, ah hope the place isnae in a state. If it is, thur's gonnae be trouble.'

Aw ah kin say is... trouble? Bring it oan Maw... an welcome hame.

6 | Jeannie

Efter a few weeks we've settled doon tae how it wis afore Maw's illness. She seems tae be gettin better every day. She's back tae scrubbin, an sterilisin, an shoutin an complainin. Faither jist smiles noo when she starts. Ah'm really happy tae. Ah've been seein a lot o Jeannie. It's been five weeks noo so ah think ah kin say ah've gote a proper girlfriend. Her an me get oan like a hoose oan fire. We go tae the pictures an we sit in the back row an winch aw night. We dinnae huv a clue whit the films ur aboot but we dinnae care. I like this winchin stuff but lately ah've been huvin a problem wi it. Jeannie's wan o they lassies that likes tae get dead close up tae ye an when she does it ah get a lump in ma troosers an ah'm no sure whit tae dae wi it. Last week we went fur a walk in the woods an we wur kissin. Ah think she wis expectin me tae dae mair than that but ah'm clueless so ah didnae know where tae start. Ah need advice but ah've nae idea where ah kin get it. Ah cannae ask ma faither an ah'm too embarrassed tae ask Archie so ah decide tae go tae the library an get a sex book. That'll mibbe gie me some tips. Ah'll need tae make sure the neebors dinnae recognise me so ah'll wear a pair o sunglasses an ma maw's headscarf.

Ah'm lookin fur a special book. Ah mind when ah wis at school a laddie in ma class brought it in an aw the dirty minded wee shites wur gaithered roond lookin at the pictures an laughin like drains. Ah cannae mind the name o it but ah think it wis written by a geezer called Kammi Souter. Onyway, ah'll recognise it when ah see it cos it's got a red cover.

Ah go tae the library an the mousey faced wumman at the desk peers ower er glasses an gies me a funny look. Ah'm prayin she disnae speak tae me. She speaks tae me.

'Can I help you with something?' Fuck.

'It's ok. Ah'm jist lookin.' Ah walk away but she follows me.

'Are you a member?'

'Naw. No yet. Ah'm gonnae look at aw the books an if ah see wan I like then ah'll join.'

She's no convinced.

'Mmmm? Is there a particular genre you are interested in?'

Ah've hud enough o this nosey bitch. Ah need tae get rid o er.

'Astroid physics'. Ah remember hearin someb'dy say that oan the telly.

She's like a dug wi a bone.

'I think you mean Astrophysics. They are over here in the Astronomy section… just follow me.'

This isnae goin well. Ah walk behind er an when she disappears up an aisle ah dodge er an disappear up anither yin. Then it starts. A game o hide an seek aw roond the bookshelves. She's wanderin aboot whisperin 'Hello? Are you there?' This is stupit. Ah watch er through the spaces oan the shelves. She's confused noo cos she cannae find me so she goes back tae talk tae a lassie at the desk. Great. Noo ah kin search. Ah creep aboot the aisles till ah find the human body bit. Then ah see it. The red book. It's there. Starin me in the face... *The Kamasutra.* Ah grab it, hide it up ma jumper, crouch doon past the desk an dive oot intae the street. Made it. Ah'm excitit. Ah cannae wait tae get hame an huv a look at the pictures. Ah jist hope it comes wi instructions tae or ah'm sunk.

When ah get hame Maw an Faither ur sittin in the livin room. Maw shouts tae me.

'Is that you Bobby?' Ah'm tempted tae shout back 'Naw. Ah'm a burglar' but ah dinnae think that wid go doon too well.

'Aye, it's me. Ah'm jist goin tae the lavvie Maw.'

'Right. Well, make sure ye wipe the seat efter ye.' She's no chinged a bit since she came hame fae hospital. Ah lock masell in the lavvie an sit oan the pan.

When ah open the book ah kin hardly breathe right. It's fu o durty pictures an thur's questions that folk huv asked wi aw the answers an diagrams on whit ye dae wi yer boabbie. Naw. Ah'm no dain aw that stuff. It's disgustin. Ah flick through mair pages an ah start tae feel dead weird. Ah feel shit scared an excitit at the same time. Ma legs ur like jelly. Then ah get tae the bit aboot organisms an ah slam the book shut. Naw, nae chance. Jeannie wid huv a hairy fit if ah tried that. Ah'll jist leave it fur noo an ah'll think aboot sex anither time.

Ah flush the lavvie an nip intae ma room tae hide the book. Under ma bed's the best place an ah'll pit in the bin ootside themorra. Ah huv tae sit oan ma bed fur a wee while till ma trooser lump goes doon a bit. Cannae risk Maw seein it.

When ah get intae the livin room Maw starts er questionin lark.

'Whit oan earth kept ye? Ye've been in there fur twinty minutes?'

'Ah've gote pains in ma belly Maw.'

'Right. Yer constipatit. Ah'll soon fix that.'

Oot comes the castor oil an ah'm near sick when she shoves

the spoon doon ma throat. Ah'm gonnae be in an oot the lavvie aw night noo. Ah'm exhaustit dealin wi the stress o this an ah'm nae further forward wi the sex stuff. Mibbe, like the kissin bit, it'll come natural if it happens. It's the trooser lumps that worry me. Ah'm gettin thum aw the time lately. Somebody telt me once that if ye flick it, it shrinks. Nixt time it happens ah'm gonnae try it.

The nixt day, ah go wi Faither tae the plots. It's ees favourite place. If ees fed up he goes there fur some peace an quiet. Ee's gote green fingers. Last year ees cabbages won a prize at the veggie fete. They wur the size o fitbas. He wis dead chuffed.

It disnae take long tae get there. We walk along Rutherglen Road, past Greasy Peter's chip shop an Dirty Maggie's, where ye swap yer comics, then past the McNeil Street Library an up tae the Coronation Bar. Jist across the road at the plots it's heavin wi folk lookin efter thur wee bits o gairden.

Me an Faither work hard an efter we've eaten oor sannies we start clearin up an burnin rubbish. We're enjoyin oorsells. Every time the wind changes we huv tae jump oot the road o the smoke. It's a laugh. Then oot the corner o ma eye ah see ma maw.

She's careerin ower aw the veggie plots, tramplin the sprouts an tatties, swingin er message bag aboot an screamin at the tap o er voice. Ah dinnae twig at furst but ah kin see she's fumin aboot somethin.

'Robert James Muldoon! Jist you staund right there an dinnae move an inch! D'ye hear me?'

She's storms up tae me, er face purple wi rage. Then, withoot anither word she brings it oot er bag. The book wi the red cover. Ma belly does a double somersault an lands at ma feet. She's been cleanin under ma bed. She hauds the book up an screams in ma face.

'Where the bloody hell did ye get this?'

Ah cannae speak.

'Answer me! Where did it come fae? How did this piece o filth get intae ma hoose?'

Faither tries tae calm er doon but as usual she disnae listen tae um. The allotment's busy wi folk diggin an noo thur aw leanin oan thur spades, huvin a guid gawk at the cairry on. Ah get aw panicky an ah start stutterin somethin aboot findin it lyin in the street an that ah hudnae even looked at it or read it or...

Maw rages oan fur ages an aw ah kin dae is staund there, speechless. Then she tosses the book intae the fire.

'That's where that belongs. Yer grounded! Dae ye hear me? Ah'm disgusted wi ye. Yer a dirty minded wee bugger!'

Then she scuds me oan the back o the heid an storms aff, mutterin tae ersell. Ma faither smiles at me an shakes ees heid.

'No the brightest thing ye've done son.'

The book's in flames noo but, cos thur's a wind, it disnae burn right an the pages start comin apart, flyin aw roond the allotment. Thur's porny pictures floatin everywhere. Whit an embarrassment. It'll be aw roond the neebors soon that ah'm a sex fiend. Nightmare. If Jeannie hears aboot it that'll be oor relationship doon the Swanee.

Ah help ma faither clear up an we start walkin tae the main road. We huv tae pass aw the auld codgers tae get tae the street an they dinnae miss a chance tae gloat. Sandy McIver is eighty-six an ees still plantin tatties. Ees wavin a big pile o the book pages at me an laughin ees heid aff.

'Hey Bobby! Thanks fur the book. This'll gie me somethin tae read in ma bed the night!'

Ah dinnae answer. Ah jist want tae get hame an hide in ma room.

Ah wis grounded fur a week an Maw didnae speak tae me. Jeannie came roond an Faither answered the door. Before he hud a chance tae speak Maw shouted through tae um.

'Whoever it is, tell thum ees no comin oot.'

Faither sent Jeannie away. Ah wis beside masell.

Ah wis kept in till the Friday. When ah gote oot ah went straight tae the school gates tae meet Jeannie. She wis dead happy tae see me.

'Ur ye feelin better Bobby? Ah've been worried sick aboot ye.'

'Aw, ah'm fine noo Jeannie. Ah wis in ma bed. Ah hud the chicken pox. Ah wis covered in big, red, leakin spots.'

Ah felt bad lyin but ah couldnae tell Jeannie ah wis grounded fur lookin at diddies an bums.

'Yer spots huv cleared up quick Bobby? When ah hud chickenpox mine wur there fur weeks efter.'

Ah chinged the subject an we went fur a walk in the woods. When we wur kissin ah didnae get a lump like a usually dae. Ah think that red book hus pit me aff. Ah jist hope that when the right time comes it'll come back. Withoot a lump ye cannae huv sex. That wid be a disaster.

Faither takes me aside an asks me how it's aw goin wi Jeannie. Ah dinnae mention ma trooser lumps but ah tell um ah'm dead happy an ees pleased fur me.

'Bobby, yer Maw is askin me if ye've gote a girlfriend? Ah think ye should tell er?'

Ah'd been thinkin aboot it fur a while so ah tell er ah'm wi Jeannie. Jist as ah thought she starts askin loads o questions aboot her, where she lives an who er faither is an whit age she is an that. Then she insists that Jeannie comes fur er tea wan night so she kin look er ower. Aw shit. Ah wish ah'd kept ma mooth shut. Tae keep Maw happy ah tell er that ah'll speak tae Jeannie an ask er but ah'm no daein it. Ah'd be mortified sittin eatin in front o er while Maw yaps er heid aff. Naw. No an option.

Maw's no depressed noo, but she's still mad at ma granny an whit she said aboot Harry no bein er faither. Thur's no a day goes by that she disnae huv a rant aboot it. Time tae work oan bit three o ma action plan. Ah tell Jeannie aw aboot it an she says she'll help me find Maw's real faither. She's gote mair brains than me so ah ask er whit she thinks ah should dae. She suggests we go an speak tae ma granny. Ah warn er that ma granny's mad but ah dinnae think she believes me. She says she kin help tae get er tae talk. Ah cannae see it workin but we huv tae try. Maw needs tae find oot the truth but she's no likely tae want tae see Granny so it's up tae me tae dae it fur er. Onyway, ah want tae find oot who ma real grandad is so we're goin tae Govanhill.

Oan the way in the bus Jeannie asks me loads o questions aboot the night it happened. The night ma granny telt Maw aboot Harry bein er kid oan faither. She seems tae think that Granny's gonnae admit it tae me. Ah'm no sure how it'll turn oot but it's guid huvin Jeannie wi me fur support. When we get tae er hoose Granny makes a big fuss o us. She gets aw er best china oot an piles a plate wi chocolate biscuits. Then she goes intae the kitchen tae make some tea. The livin room looks like a florist shop. Thur's flooers everywhere. Jeannie whispers tae me an points tae the sideboard.

'Whose deid Bobby?'

Thur's a big plastic bucket fu o lilies an it's gote a card stuck oan the side o it. It says *Words can't express how much we miss you. Rest in peace Da.*

Fuck. Granny's done it again an gote away wi it this time. When ah tell Jeannie thur aw nicked fae the cemetery she starts tae snigger. Ah'm no long behind er.

The tears ur pourin doon oor faces an ah huv tae pinch ma leg tae stoap masell losin it aw thegither. Granny comes back wi the tea an sits doon. Ah calm masell, take a deep breath an go fur it.

'Granny, ah've come tae talk tae ye aboot Maw. She's been awfi upset.'

Granny pours the tea oot an ignores me.

'Did ye hear whit ah said Granny? Maw's been ill.'

'Aye,' says Granny, stuffin two chocolate biscuits in er mooth at the same time, 'It's a bacteria. It's goin aboot . Ah hud it masell jist afore Christmas. A hot toddie. That's the best thing fur it.'

Jeannie looks at me an shrugs er shooders.

Granny starts workin er way through the plate o biscuits, wan efter the ither. Nae wunner she's fat. Ah try again tae get some sympathy fur Maw.

'Naw, it wisnae a bacteria Granny. She took a depression an hud tae get pit intae Woodilee?'

'Och, that's her jist wantin er dinners made fur er. Yer maw's ayeways been a drama queen. Even when she wis wee an she skint er knee she wid scream like er leg hud been chopped aff. Silly cow. Ah'm goin fur mair biscuits.'

She goes back intae the kitchen. This wis a bad idea, comin here. Granny's oan anither planet as usual. Ah'm aboot tae gie up when Jeannie steps in. She whispers tae me.

'Bobby, she's auld. If we try tae jog er memory back tae years ago mibbe she'll mention yer real grandad's name?' This lassie's a genius.

Granny comes back an sits doon, looks at Jeannie, an shoves the plate o biscuits across the table.

'Here you. Huv a few biscuits an pit a bit o fat oan that arse o yours. Yer far too skinny.'

Jeannie ignores the comment an, before ah kin say anither word, she tells Granny that she's daein a project at the school aboot the war an would appreciate some stories fae somebody that lived through it. That seems tae spark somethin aff fur Granny. She starts talkin an disnae stoap fur breath. Jeannie's gettin er life story, fae the year she wis born, when she married Harry, the factory joab she hud makin shells fur bombs, rations, air raid shelters an gettin nylons fae the American sodgers. Ah cannae keep up cos she's jumpin aboot too much. Wan minute she's at 1946 an then she's back tae bein a teenager in 1918. Ah gie up at the end o World War Two but Jeannie seems tae be followin Granny nae problem. They get tae the bit when Granny hud er weans. Ma three aunties ur mentioned but no a word aboot Maw an nothin aboot er real faither. Ah'm gettin frustratit an ah start fidgetin but Jeannie gies me a look an keeps pushin. She's askin Granny how her an Harry managed tae bring up four teenage lassies wi a war goin oan. Ah kin see where she's headin wi it an ah'm dead impressed cos it's workin. Granny says it wis a hard life cos efter the war Harry wis workin away a lot layin cables fur the GPO an she hud tae rely oan ither folk in the faimily tae help er. That's when she mentions the name Billy. Jeannie looks at me an ah gie er a sign tae keep goin. She acts dead casual an pours Granny anither cup o tea.

'Wis Billy a relative then Granny?'

It works. Granny's face gets aw crumpled an thur's tears in er eyes.

'Naw, Billy wis Harry's pal… dead handsome when he wis young. He didnae work cos ees health wisnae too guid so he wid dae aw ma odd joabs aboot the hoose an… aye, he wis a guid man tae me, Billy Paterson.'

Ah look at Jeannie an she sits back in er chair, waitin fur me tae ask the million dollar question. Ah'm shakin.

'Granny, wis Billy Paterson Maw's real faither?'

Before she realises it, Granny lets it oot.

'Aye Bobby, he is…'

She stops deid an looks at me. Thur's panic aw ower er face. Then withoot anither word she gets up an starts clearin the table.

'Ye'll huv tae go noo. Ah need tae go oot fur milk.'

Thur's a full jug o milk oan the table but we both twig an get oor coats. Granny disappears intae the kitchen an we let oorsells oot . We gote whit we came fur so thur's nae point stayin.

At the bus stop Jeannie takes ma haund an squeezes it.

'Yer awfi quiet Bobby? Ur ye awright?'

'Ah'm thinkin Jeannie. Ah'm workin this oot.'

'It's good though Bobby, eh? Noo at least ye've gote a name?'

'Aye. Ah huv. Billy Paterson. Maw's faither an ma grandad… ees still alive Jeannie.'

'How dae ye think that then?'

'Well, think aboot it. Ah asked if Billy Paterson wis Maw's real faither an withoot thinkin she said '*He is*.' If he wis deid, she wid huv said '*He wis*', past tense.'

Jeannie looks dead impressed.

'Bobby, that's clivver. You wid make a great detective. Whit will ye dae noo though?'

'Ah'm gonnae find um if it's the last thing ah dae.'

We get back an ah see Jeannie tae er door. Walkin hame, it hits me like a ton o bricks. Ah've gote a name noo so thur's a big decision tae make an thur's two choices. Tell Maw… or keep it a secret? Fuck. That's a load o shit tae cairry aboot wi me.

7 | Archie's Shindig

Ah keep ma secret an try no tae think aboot it. Things are guid the noo an ah dinnae want tae rock the boat. Ah'll huv a think anither time. Wan thing fur sure though… ma four bit action plan is gettin there. Maw is back tae er auld self, ah've gote masell a girlfriend an ah'm part way there wi Maw's faither. That's two an a hauf bits done so jist one an a hauf bits tae go, findin ma grandad an gettin a joab. Ah'll start lookin soon cos ah need tae start gettin a wage packet. Ah'm spendin aw ma pocket money takin Jeannie tae the pictures an buyin er wee presents an that. Oan Valentine's Day ah gote er a card wi a wee bear oan the front an a chocolate heart wrapped in shiny, red paper. She gave me a poem she wrote aboot me an ah pit it in a special wee box under ma bed. Jeannie is guid wi words. Every night ah read it afore ah fa' asleep.

To my boyfriend,
On Valentine's day ah want ye tae know

How much ah love ye, ah won't let ye go
It makes me dead happy tae know that ye care
An as long as ye want me, ah'll ayeways be there
That night at the dancin ye captured ma heart
And now we're together we never will part

All my love,
Jeannie xxxxx

Talkin aboot presents, it's ma sixteenth birthday oan the fifth o March an ah've bit the bullet an invitit Jeannie tae ma birthday tea. Ah'm jist hopin Maw disnae ruin it. Ah dinnae usually get excitit aboot birthdays cos Maw gies me the same things every year… pants, socks an a knitted jumper. Fur the past two birthdays ah've asked fur a Beatles LP but Maw says she's no wastin er money oan rubbish music that does er heid in.

She insists that stuff tae wear is mair practical. Trouble is, the birthday jumpers ur ayeways a disaster. They dinnae fit me. Last year's attempt wis the best yet. Wan o the sleeves wis six inches longer than the ither yin. Ah tried tae cut the extra bit aff but it unravelled its way right up tae ma shooder. A waste o wool if ye ask me but ah kept ma mooth shut an telt Maw ah'd loast it. This year ah dinnae care aboot the jumper. Ah'm jist lookin forward tae spendin ma birthday wi Jeannie.

The big day came an ah wis feelin sick. Ma belly wis churnin an ma haunds wur aw sweaty. We dinnae get visitors very often cos Maw ayeways says somethin tae offend thum. Thur no quick tae come back so ah wis prayin she would keep er mooth shut jist fur wan night. Ma faither invitit Archie though so ah'm hopin he'll gie us a laugh wi ees jokes.

Maw's twitterin didnae help ma nerves.

'Right you. Stay oot ma way cos ah'm gonnae be bakin aw day. Ah'm gonnae make Swiss roll an some treacle scones. Then ah'll dae wee apple tarts an pancakes wi jam an cream. Jeannie's gonnae be impressed. Ah might even wear ma Christmas frock. Want tae look ma best fur er.'

Maw fancies ersell as Fanny Craddock but she's rubbish at bakin so, by the time she'd finished, every plate looked like a dug's dinner. Wan thing she is good at is ma birthday clootie dumplin. When it's cookin ye get that spicy smell like at Christmas. She pits money in it wrapped in greaseproof paper. Last year she didnae huv sixpences so she yased pennies an faither got wan stuck in ees throat an nearly choked tae death. No the maist sensible move she's made.

By the time Jeannie an Archie arrived ah hud managed tae calm doon a bit. Well, at least ma legs wur no wobblin. We aw sat doon fur tea an oot came the presents. Maw's jumper didnae disappoint me. Even mair horrendous than last year. She said an Arran jumper wis the latest thing but she needed mair practice tae get the pattern right. Thur wur bits stickin oot everywhere an when ah tried it oan (Maw insistit) the collar wis that big it came right up tae ma ears an covered ma mooth. Whit an embarrassment. Ah looked like a bank robber.

Archie gied me a tin o toffees an a joke book. When ah opened Jeannie's present ah wis ower the moon. She gote me the The Beatles LP ah wis wantin. Maw said it wis a great record an she loved the Beatles music an we wid aw enjoy listenin tae it. Talk aboot two faced.

The night wis weird. Maw wis aw ower Jeannie like a rash. Fussin roond er an askin loads o questions an makin comments.

'That frock really suits ye Jeannie. It matches yer eyes. An yer shoes are smart tae. Thur's lots o nice stuff in the shops fur lassies the noo. Aw different colours an styles eh?'

Jeannie couldnae get a word in. She jist sat an smiled while Maw chirped like a budgie. Then it dawned oan me. Jeannie's a lassie an Maw ayeways wantit a lassie. When ah wis born she went intae a depression cos ah hud a willie. Noo she hus a lassie tae fuss ower. Jeannie didnae seem tae mind.

That wis the furst time fur ages ah've seen Maw really happy. She usually hus a face that looks like she's chewin a wasp but she wis smilin aw night. Archie an Faither gote the best whisky oot the sideboard an made it plain that they planned tae get legless. Maw ayeways gets oan at thum aboot thur drinkin but no the night. Even when the whisky wis arsed an they startit oan beers she wis too busy fussin ower Jeannie tae notice. Ah cannae believe how ah feel when ah'm wi Jeannie. Ah dinnae huv aw that shakin an sweatin like ah yased tae get. Ah dinnae panic aboot stuff either. Ah'm feelin dead calm aboot things. Jeannie's guid fur me an she's helpin me tae get some confidence an feel guid aboot masell.

Efter tea me an Jeannie went tae ma room. We wur lyin oan ma bed listenin tae ma new LP an a slow song came oan.

'I give you all my love, that's all I do... and if you saw my love...'

We startit kissin an ah suddenly hud this kinda warm, quiverin feelin doon below. Afore ah knew whit ah wis daein ah jumped oan tap o Jeannie. Ah remembered seein thum dae that oan the telly. That's when it aw went wrang.

Ah hudnae a clue whit tae dae nixt an ah gote frustratit an shouted 'Fuck' at the tap o ma voice, Jeannie screamed an ah fell aff the bed an ah hit ma heid oan the side o the wardrobe. Ah finished up wi a bleedin nose an a great big lump oan ma heid. Ah wis mortified but Jeannie thought it wis dead funny an in the end we baith fell aboot laughin. Then we went quiet fur a wee while, no speakin, jist haudin haunds.

'Bobby, ah hope yer no gonnae worry aboot whit jist happened. It's awright.'

Ah couldnae answer cos ah hud a big bloody hankie at ma nose. Jeannie snuggled up tae me.

'When wur baith ready it'll be fine, ah promise. Thur's nae rush.'

She's dead understaundin is Jeannie.

'An onyway Bobby, we cannae dae it withoot a *French Letter*.'

Ah wis already feelin like a failure so ah didnae ask er tae explain that yin. Wan thing... ah hud nae idea we needed written permission fae France tae huv sex in Glesga?

Apart fae me makin a right mess o the sex bit, it wis a really guid night. Maw's happy face, Jeannie's smile an Archie's jokes made it the best birthday tea ah've ever hud. Archie finished up pissed as usual. He could hardly staund up an wis slaverin the biggest load o shite ah've heard yet. Jeannie said she wid help um back tae ees flat in case he fell doon the stairs. She's dead kind, ma Jeannie. Ah think ah might ask er tae marry me. Nae point in waitin cos ah'll no want tae be wi onyb'dy else fur the rest o ma life. That's definite.

Maw did er usual drama queen bit an went tae er bed, sayin she felt too 'drained an exhausted' tae clear away the dishes. Faither couldnae bite ees finger nails an fell asleep in the chair huggin the empty whisky bottle. Same as last year. This year though, ah didnae mind gettin left tae clear up. Ah even polished the table an took the Ewbank roond the livin room. Bein in love makes ye feel like Superman.

It's the beginnin o April an ah'm mair in love wi Jeannie than ah wis at the start o March. Archie hus asked me an Faither tae go wi um tae order ees weddin suit at Burtons, the tailor in Argyle Street.

Ah huvnae a clue aboot clathes but ah'll go cos it might gie me an idea fur mine when ah marry Jeannie. Archie's in toon buyin the weddin ring an ees asked us tae meet um at Dissy corner. Ah've nae idea where that is so oan the bus Faither tells me how it gote its name.

'If ye met somebody at the dancin, ye arranged tae meet thum the nixt night oan the corner at Boots, the chemist. Ye wid wait fur ages an if yer date didnae turn up – that meant ye gote a *disappointment* or a *dissy*. Folk call it *dissy corner* cause o that.'

'Well, ah'm glad ah've gote a girlfriend faither. Nae dissy fur me, eh?'

Faither smiled an we finished the bus ride sharin a packet o sherbet lemons.

In the shop Archie gote dead flustered tryin tae pick a cloth fur ees suit. They call it *made tae measure* an that means it fits ye right cos the tailor makes it up fur ye. It takes three weeks so Archie hus tae go back tae collect it. Faither helped um pick an he gote a three piece suit fur jist a pound deposit. It came tae five pounds an he gote a shirt an tie fur a pound. He hus tae pay it aff at ten shillins a week so by the time the weddin comes at the end o the month it'll nearly aw be paid fur. Ah wis dead impressed wi that an ah'm gonnae start savin fur mine an pay fur the lot when ah order it. Maw said she didnae huv cash fur new clathes fur me so ah'm wearin the Beatle jaiket ah hud oan tae The Barraland when ah met Jeannie.

The Saturday o the weddin came an ah wis dead excitit. Cos Archie an Betty ur Catholics thur gettin married in the Saint Francis church in Cumberland Street. It's jist at the back o the highrise so it's no far tae walk. Ah've been lookin forward tae the bash fur ages an specially cos Jeannie hus an invite tae. Maw an Faither looked the bees knees… aw dolled up in thur Sunday best. When Jeannie stood at the door in er fancy weddin clathes ma eyes popped oot ma heid.

She looked like a film star in a mini frock an high heels. She didnae huv er glasses oan an er hair wis aw curly an bouncy roond er face. Ah couldnae take ma eyes aff er aw day.

In the church, Archie got aw the words mixed up an the priest wis losin it cos he hud tae keep startin an stoppin till they gote it right. Ah think Archie an Betty hud downed a few whiskies fur Dutch courage.

Efter the service Archie threw money oot the weddin car windae when they drove away. Nae wunner folk call it a *scramble*. Thur wis hoards o weans rollin aboot oan the grund fightin each other fur the coppers.

We walked fae the church tae the reception at the Saint Mungo Halls in Moffat Street. It wis done up nice inside an we hud broth an a steak an kidney pie dinner wi boiled tatties an veg. Efter the dinner, Archie made a speech an it hud everybody greetin. He wis slurrin ees words cos o the drink but he said a lot o nice things aboot Betty. She wis greetin like a wean. Ah think they'll be dead happy thegither.

Efter the waitresses cleared the tables Betty's band came in an the place wis buzzin. Jeannie an me danced aw night an even Faither wis up wi us daein *The Twist*. Archie couldnae dance cos he couldnae staund up. Folk kept buyin um drink an aw he could dae wis sit wi a stupit grin oan ees face while ees eyes rolled aboot tryin tae focus oan the dancers.

Maw wis moanin as usual, sayin the band wis too loud an the pastry hud gied er indigestion. Faither jist ignored er an when Betty gote up tae sing he jumped oan the stage beside er an startit a duet. Ah hudnae heard Faither singin afore but ees gote a guid voice an they hud the folk cheerin an clappin an shoutin fur mair. He wis lovin it but Maw's crabbit fizzog brought um back tae the table an he sat back doon wi misery guts tae keep the peace. She let rip.

'Ur you tryin tae embarrass me oan purpose? Whit a clown.'

'Och Ena, ah'm enjoyin ma night. Ah jist fancied a wee sing song.'

'Is that whit ye call it? Cat's choir mair like. Ah could dae better masell. Does she get paid fur that in the pub?'

'Aye. She fair draws the punters in oan a Saturday night.'

'The punters ur no listenin tae er voice. Thur too busy watchin er boobs bouncin up an doon. Whit's Archie thinkin aboot onyway. She's far too young fur um. It'll no last.'

At this Faither gies up an sits back in ees chair. Noo they baith look miserable.

Jeannie an me wur sittin watchin the band when a bruiser o a man burst in the room an shoved ees way intae the middle o the dancers, knockin thum aff thur feet. Ah've nivver seen an uglier brute. He wis aboot eight feet tall. The band stopped playin an aw the folk moved tae the side. Ye could hear a pin drop. He went straight over tae Archie.

'Ah've got a message fur ye. Fae McManus.'

Archie seemed tae recognise um an he stood up, smilin.

'Oh aye. Ah take it he wants tae say congratulations?'

'Very funny. He asked me tae gie ye this…'

The bruiser threw a punch, Archie ducked, an the stupit git fell tae the floor wi a thud. Whit an arsehole! Then aw hell broke loose. The bruiser tried anither punch an missed again. He should huv done ees hamework. Archie wis a champion boxer when he wis in the Navy. Course, when aw the men saw whit wis happenin, they waded in tae protect Archie. It wis like a scene fae a John Wayne movie. Airms an legs wur flyin everywhere.

Trouble wis, every wan o thum wis that pissed they couldnae see straight an they wur jist flingin thur fists aboot, punchin fresh air. Shaky Jake, the local alkie fancied a go but the bruiser punched um oan the jaw, sendin ees wallies flyin intae a dish o trifle. Then aw the wummen joined in, screechin an rollin aboot the flair wi thur skirts flyin up, showin thur big knickers. Mary McBride's nickname's *Hairy Mary*. She's a madwumman, well known fur fightin. She went runnin an heid butted the bruiser, he grabbed er by the hair but she's as bald as a coot underneath an er manky, grey wig finished up oan tap o the weddin cake.

Ah looked aroond fur Maw an caught sight o er draggin Faither oot the door. Mibbe a good joab cos Faither's no very tall. He widnae huv stood a chance in amongst that lot.

The priest wis the only wan no fightin so he ran oot an phoned the polis. They came an dragged the ugly big bruiser oot tae thur van an cartit um away. The weddin hall looked like a bomb hud exploded. Archie jist stood there wi a smirk oan ees face. Nixt thing, aw ees pals lifted um up ontae thur shooders an carried um aroond the hall singin *For he's a jolly good fellow*.

The band startit up again an everybody wis dancin as if naethin hud happened. Ah couldnae dance though. Ah wis the only wan that knew whit the message wis aboot. It wis cos Archie dobbed McManus an ees wife in aboot the drug runnin stuff. Ma heart wis racin cos ah wis the reason Archie split oan thum. Jeannie tried tae get me up oan the flair but ah said ah wis feelin sick wi the beer ah drank an we went ootside fur some fresh air. Ah cannae tell Jeannie aboot the drugs stuff. She might no like it. That's somethin only me an Archie understaund. It's oor secret. Ah'm jist prayin the bruiser disnae come back fur me. Ah huvnae hud shaky legs fur ages but thur like jelly the night. Whit a shite end tae a great day.

8 | Happy Families

Ah didnae sleep well fur ages cos ah kept huvin nightmares aboot *The Bruiser.* It wis the same wan every night. He wid pick me up by the ankles, swing me aboot ees heid an toss me intae the River Clyde. Ah cannae swim an ah wis wakin up gaspin fur breath an screamin fur help. Ah startit sleepin underneath ma bed an, thank fuck, the nightmares went away. Whit a relief.

Then, jist as everythin wis gettin back tae normal, disaster struck. Granny Pat's doctor asked Maw an Faither tae go an see um. When they gote back Maw took a hairy fit.

'It's no happenin. Dae ye hear me? It's no bloody happenin.'

The doctor hus telt Maw that Granny's 'extremely unwell'. He said she's gote somethin wrang wi er brain an needs looked efter. Then he suggestit she came tae live wi us. Faither tried tae keep Maw calm. It didnae work. She wis like a ravin banshee.

'If he thinks ah'm huvin that auld bag in ma hoose he kin run up ma ribs. She's trouble an ah'm no goin back intae Woodilee cause o her. No bloody way! She kin go intae an auld folk's hame an cause trouble there.'

Faither tried tae reason wi er.

'Ena… we wid manage. She's no that bad. She's yer maw. Ye cannae turn yer back oan er?'

'Jist watch me. Ma life wid be a misery wi her aroond. If *she* comes then ah go. End o story.'

Faither tries again.

'Wid ye gie it a trial then… fur a month say… an then see how ye feel?'

That didnae go doon well.

'Ur you listenin tae me? Ah said she's no comin here an that's ma final word oan it.

Noo, set the table fur the tea an dinnae mention it again or ah'll really loss the heid!'

Granny Pat arrived wi er suitcase the nixt day. Ah'm no sure whit Faither said tae Maw but thur's tae be a trial an if it disnae work, Granny gets the boot. We've only gote two bedrooms so ah've tae sleep oan a mattress oan the livin room flair. Whit worries me maist is that Jeannie an me huvnae gote ony place tae winch noo. Mibbe she'll ask me tae her hoose an that wid solve it.

Maw, Faither an me spent the first week watchin Granny tae see whit the doctor meant by 'unwell'. We couldnae see onythin. Granny wis jist as much o a trouble maker as she's ayeways been. Arguin an complainin fae mornin tae night. Everythin Maw said, Granny argued the opposite. Everythin Maw cooked, Granny complained aboot it. Like yisterday. Maw hud made a beef stew an Granny said it wisnae cooked right. Ah huv tae say that the meat *wis* tough an the gravy wis like treacle so it wis right up Granny's street. Plenty tae complain aboot. Aff she went.

'Whit huv ye pit in this pile o shite Ena?'

Maw's face wis like thunder.

'If yer no happy then leave it. Naebody's forcin ye tae eat it.'

Granny is really guid at turnin the dinner table intae a war zone. She does it oan purpose. Jist afore she starts complainin, she smirks an shoves er shooders back.

'The doctor said ye wur tae look efter me. Ah wunder whit he wid say if he knew yer feedin me a load o crap. He widnae be pleased let me tell ye. Fur aw ye know ah could huv a brain tumour. Watch yer step or ah'll be reportin ye.'

Wur only oan the first week an if Granny disnae shut er trap thur's no gonnae be a second wan. Maw bites back.

'Oan ye go. An while yer there tell um tae book ye a bed in the auld folk's hame cos wi they kind o comments yer no gonnae be here long. Thur's no a thing wrang wi ma cookin so ye kin stoap complainin. An thur's no a thing wrang wi you so ye kin stoap kiddin oan that yer ill. Yer a crabbit-faced, wicked auld bugger.'

Noo Granny starts tryin tae get Faither in oan the act. Ee's been bitin ees tongue fur a week. She's guid at crocodile tears an kin make er voice shake so she turns tae um wi a pathetic look oan er face.

'Alec... Ye need tae huv a word wi *her*. She shouldnae be swearin at an auld, ill wumman. She's really upsettin me.'

Faither tried tae calm things doon. Ees no very guid at it.

'Will ah make a wee pot o tea an we kin aw sit oot oan the verandah? It's a nice night?'

'Bollocks' says Granny. 'The wind wid freeze ye tae death. Ah... right... ah see... mibbe that's whit yer hopin fur eh? Aye. That the wind gies me a chill an it turns intae pneumonia an ah snuff it.'

Bein patient is hard wi this auld bag. Maw sighs an it comes fae er boots.

'Whit ur ye haverin aboot noo. Fur God's sake shut yer trap an gie us peace.'

We aw sit in silence. It's really guid tae hear nuthin but the clock tickin.

Disnae last long. Aff she goes again. Granny motormooth.

'By the way, ye kin get me anither eiderdoon fur ma bed. The fancy pattern oan that wan is makin me skelly eyed.'

Ah cannae believe ma ears. Did she really jist say that?

That night pit the tin lid oan the Granny stuff. At hauf three we heard bangin an clatterin comin fae the kitchen. Faither an me gote up an there she wis, wi a big spoon, workin er way through Maw's cake she made fur the church jumble sale. It wis aw ower the table, er falsers wur lyin in amongst it an er mooth wis covered in chocolate vermijelly. She looked like a wee wean.

Granny's coat's oan a shaky nail as it is so when Maw sees er hauf eaten cake thur's gonnae be ructions. Ah decide tae get up early in the mornin an dae a disappearin act afore the shit hits the fan.

Ah wis right. Thur wis a mighty row. Then it aw went dead quiet. Fur some reason Granny stoapped gripin an moanin an spent the nixt three days in er bed.

Maw wis glad o the peace at furst then when Friday came she wis lookin worried. Ah heard er talkin tae Faither in the kitchen.

'Dae ye think she really is ill Alec? She husnae spoke fur days. Ah thought she wis in the huff at first but ah'm no sae sure noo. Dae ye think we should get the doctor?'

'Mibbe be a guid idea Ena. It's no like er tae be sae quiet.'

'Right. If she's no speakin by Monday we'll get um in.'

Nae hurry then Maw... she could be deid by Monday.

That night, Faither went intae the room wi a cup o tea fur er an nixt thing, he wis shoutin at the tap o ees lungs.

'Ena! Come quick! Thur's somethin wrang wi yer Mammy! Come quick!'

When we went in Granny wis jist lyin there starin up at the ceilin. We gathered roond the bed. Naebody moved. Then Maw shrieked an startit shakin Granny like a rag doll.

'Mammy! Talk tae me! Mammy! Ur ye awright? Say somethin!'

Granny didnae move. She jist lay there like a wet rag, still starin up at the ceilin. Maw wis greetin noo, tears pourin doon er face.

'Oh my God! She's deid! She's snuffed it!'

'Stay calm Ena.' Faither wis dead pale an ees haunds wur shakin like a leaf.

'We need tae call a doctor... or an ambulance... or an undertaker...'

Then, withoot any warnin, Granny sat bolt upright in the bed an laughed... right in oor faces.

'Jist testin ye. Jist seein how ye wid react if ah really did pop ma clogs.'

Noo, ah've seen ma maw lose it wi Granny afore but this wis the best yet. She wis oan tap o the bed, ravin an swearin, fists flyin. Faither an me hud tae haud er back. It's the nearest thing tae a murder ah've seen.

Fur the nixt while Maw didnae speak tae Granny an Faither an me hud tae look efter er. Ye could've cut the air wi a knife an we wur aw miserable. A few weeks later, Granny startit huvin pains. Nixt thing we knew she wis deid. Really deid this time.

They said it wis a heart attack. She wis only sixty-nine but they said she wis cairryin too much weight an eatin too many biscuits. That gave er diabetics an it aw pit a strain oan er. Er heart couldnae cope.

Ah've ayeways thought ma Granny wis a pain in the neck but ah couldnae help feelin sad that she wis gone. Maw didnae greet. Think Granny's fake death scunnered er. She jist went quiet an Faither did maist o the stuff aroond the hoose. Ah think he wis scared Maw would get sad disease again but it didnae happen. She sorted the insurance an the will an stuff. Then she organised the funeral. Granny wis tae be buried in the graveyard nixt tae the chapel. She widnae be pleased wi that cos ah mind er once talkin tae me aboot er funeral an whit she wantit. It wis weird.

'When ah pop ma clogs Bobby…'

Ah tried tae chinge the subject but she widnae huv it.

'Ah want a Viking funeral.'

'A Viking funeral? Whit's that?'

'It's where they lie ye oan an auld wood door, set fire tae it an float ye doon the River Clyde. Then aw the mourners walk along the bank wi flamin torches singin *We Shall Overcome.*'

That wis the point ah decidit ma granny wis definitely aff er heid.

'Would that no be illegal Granny?'

'Aye, but once that match wis lit it wid be too late tae dae onythin aboot it.'

Typical. Nae consideration fur Maw gettin banged up fur burnin er mother tae a cinder.

Granny wis laid oot in ma bedroom the night afore the funeral. Ah heard Maw an Faither huvin an argument aboot it.

'Ena, ur we layin Granny oot in the chapel fur the night?'

Aw Maw wis layin doon wis the law.

'Nae chance. Ah'm no prepared tae gie a donation tae the preist fur that when thur's a perfectly guid bedroom here. An onyway, naebody wid go an see er. She fell oot wi aw er pals years ago.'

Faither tries again.

'But that's oor Bobby's room Ena. It's no very nice fur um tae huv Granny lyin deid in ees bed.'

'Dinnae talk rubbish Alec. Ah'll chinge the sheets afore he sleeps in it.'

Decision made.

Ah wis terrified. A deid body in the hoose aw night. Ah nivver slept a wink. Ah pit the armchair up against the livin room door, then ah pushed ma mattress against it an sat up aw night wi the lights blarin. Ah wis glad when it wis mornin an they came fur the coffin.

The funeral wis awfi sad. Thur wis jist us, Archie, the three sisters an Granny's neebor Alice an er man. The three fatties wur ower the top, wailin an greetin that loud the preist hud tae tell thum tae shut it. Maw wis fumin at thum cos they hudnae spoke tae Granny fur years. They aw hud a big argument aboot Granny's win oan the fitba coupon. The coupon man came tae aw the hooses every week an folk called um *Uncle Bob*. He wis part o the furniture. Wan week Granny wis ill in er bed so she telt the sisters er scores an they pit the crosses in the boxes an gave the coupon tae Bob. The scores came up an she won twinty five pounds. Then the three o thum tried tae claim a share o the winnins. She telt thum tae fuck off an 'nivver darken er door again'.

They still came tae oor hoose every week fur the knittin meetins an Maw wis happy wi that but, efter the funeral, world war three broke oot. An argument startit aboot Granny's things an who wis tae get er weddin china an the wally dugs an the grandfather clock in er hall. Then, when Maw telt thum that Granny hud left aw er money tae the cat shelter, they went nuts. It nearly came tae blows an Maw finished up orderin thum oot. We huvnae seen thum since. Aw ma faimily dae is argue an chuck each ither oot thur hooses. Soon ah'll huv naebody left. Nae granny, nae grandad, nae aunties. Ah'm awfi glad ah've gote Jeannie.

Archie helped Faither clear oot Granny's hoose. Maw couldnae face it so Jeannie an me helped tae pack the stuff fur the charity shop. Faither suggestit the neebor, Alice, wid mibbe like Granny's big, manky fur coat so Jeannie an me took it in tae er. Ah let Jeannie cairry it. Ah couldnae touch it. Ah've ayeways hud a thing aboot that deid animal. When ah wis wee ah hud nightmares aboot it. It grew legs an wis chasin me roond the hoose. Alice is welcome tae it.

When we went in wi the coat Alice insistit that we hud a cup o tea. She talked aboot Granny an aw the guid times they hud livin nixt door tae each ither. She's a nice wumman an she wis enjoyin yappin aboot the auld days. While we wur talkin, ah telt er ah wis lookin fur a joab.

'Whit kind o thing ur ye lookin fur Bobby?'

'Ah'll take ony joab ah kin find as long as it gies me some pocket money. Ah startit bein a plumber but that didnae work oot.'

'Wid ye like me tae talk tae ma man fur ye? We've gote the paper shop in The Cumberland arcade an ees lookin fur someb'dy tae help um. Ah think ye'd be guid wi the customers?'

Ah wis excitit. 'Yer man might recognise me. Ah get ma faither's *Sunday Post* in yer shop every week. That wid be guid if ye kin ask um fur me. Ah wid work hard?'

'Ah bet ye wid Bobby. Ah'll ask um. Ees no been well fur a long time so an extra pair o haunds wid be guid.'

We thanked er an gote up tae leave. She said we should come back the nixt night an see er man.

At the front door Jeannie thanked er again.

'Thanks fur the tea Mrs…?'

'Paterson. Alice Paterson. Oh look… here's ma man comin noo… if ye hang oan we kin ask um aboot the joab?'

Ah recognised um right away.

'Billy… this is Pat's grandson, Bobby. Ena's laddie.'

Billy Paterson. Fuck. Ah wis frozen tae the spot. Jeannie took ma haund an squeezed it tight. Billy Paterson… wis this ma grandad? Wis Maw's real faither staundin right in front o me? Ees face geid um away. It wis him awright. Ees been livin nixt door tae ma granny aw this time an we nivver knew. Ah couldnae decide which wan o us wis the maist shocked. Everythin seemed tae be goin in slow motion. Alice looked confused cos Billy wis rooted tae the step. She didnae huv a clue whit wis goin oan.

'Ur you awright Billy? Yer awfi pale?'

'Aye, ah'm awright Alice. The shop wis busy. Ah'm jist tired.'

Alice guided um intae the hoose an ah staggered doon the path. Ma jelly legs wid hardly haud me up.

Alice shouted efter us.

'Bobby! ... ah'll speak tae Billy when ees feelin better. Come back aboot the joab, eh?'

Ah couldnae speak so Jeannie did it fur me.

'We will. Thanks again Mrs Paterson.'

Oan the bus ah could hardly speak. Ma tongue hud stuck tae the roof o ma mooth.

'Bobby, whit ur ye gonnae dae noo? ... ur ye gonnae tell yer Maw?'

'Naw. Ah cannae tell er Jeannie.'

'But she might be glad tae know ees livin close an she might want tae get tae know um?'

Noo Jeannie hus loads mair brain cells than me but she's jist no gettin this.

'Whit am ah gonnae say like? Dae ah jist blurt it oot that er faither's been livin roond the corner aw this time? Ah dinnae think so. Ah kin tell ye exactly whit wid happen if ah did tell er Jeannie. Ah wid say 'Maw, we've found yer real faither. Ees been livin nixt door tae Granny fur years an ees gote the shop in the arcade where ye buy yer mint humbugs.' Then it wid aw kick aff. Ah wid get a clip roond the ear an accused o bein an interferin wee shite.

Maw wid storm roond tae Alice's hoose, batter the door

doon an scream blue murder at Billy fur bein a 'dirty bastard'. Then Alice wid be fumin an she wid punch lumps oot um an chuck um oot intae the street. That's whit ah think wid happen an that's why ah'm no gonnae tell er.'

Jeannie gote the picture an we didnae talk aboot it again. Ma mind wis made up. Better tae let it lie. Nae point in draggin up the past.

The nixt day ah chinged ma mind. Ah wid tell ma maw. Ah didnae exactly blurt it oot but ah startit the ball rollin. We wur sittin in the livin room efter tea. Faither wis at the allotment so ah went fur it.

'Maw, kin ah ask ye a question?'

'Make it quick. Ah'm readin.'

'Dae ye ever think aboot Harry.'

Ah should've known she wid see where ah wis headin.

'Dinnae start aw that Bobby.'

'But Maw… ur ye no even a wee bit curious aboot yer real faither?'

'Whit part o 'dinnae start' did ye no understaund. Shut it.'

When ah think back ma maw's ayeways been nosey. Aye talkin aboot folks business an gossipin wi the neebors so ah try a different trick.

'Ok Maw. Ah'll no mention it again.'

Ah sit an watch er daein er crossword an she keeps lookin at me oot the corner o er eye. Ah'm sittin dead quiet readin ma *Oor Wullie* book but ah kin see she's curious. It's workin. She gies in.

'Six across. Eight letters. The name o an animal that lives in Africa?'

'That's easy. An elephant.'

'That's jist seven letters. *E… l… e… f… a… n… t.*'

'Maw… it's no an *f* in the middle. It's *ph*. E… l… e… p… h… a… n… t.'

'Smart arse.'

Thur's anither long silence but ah kin see she's champin at the bit tae talk. Here we go.

'Whit did ye ask aboot Harry fur onyway?'

'Ah wis gonnae ask ye if ye want tae know who yer *real* faither is?'

'And…?'

Ah hud tae pluck up courage an go fur it.

'Jeannie an me went tae see Granny an…'

'And…?'

Ah'm shakin noo. Maw's movin er chair closer an starin right through me. Ah'm gonnae be sick.

'She telt us ees name…'

'And…?'

Ah cannae get the words tae come oot. Ah try but ah cannae dae it. Ah cannae say ees name. Then Maw starts smirkin. Whit the fuck?

'Whit ur ye like Bobby Muldoon. Yer sittin there thinkin yer aboot tae shock me wi a big announcement. Well… ah know ye've been diggin an pokin yer nose in an ye kin gie it up. Yer granny telt me ma faither's name. Jist afore she passed. She telt me aw aboot it an Billy Paterson an me made oor peace weeks ago. As far as wur baith concerned Harry wis ma faither. That's it. He brought me up an Billy is awright wi that. Get somethin straight though, Bobby. Wur no aboot tae start playin happy faimlies. An anither thing… Alice an Billy Paterson ur happy an wur no aboot tae rock that boat either so ye kin stoap actin like Sherlock Holmes. Right?'

'Right Maw.'

'Guid… an dinnae you go playin the *long lost grandson* bit. Leave things be. Right?'

'Right.'

'Keep yer mooth shut. Say wan word ootside aboot this an

ye'll huv me tae answer tae, dae ye hear me?'

'Aye. Ah hear ye Maw.'

'Fine. Noo, shut it an let me finish ma crossword.'

We sit in silence an ah try tae get it straight in ma heid. Efter days an nights o worryin she knew aw the time aboot Billy. Ah watch Maw's face an ah'm sure she's smirkin.

'Aw… look at this… ma last clue… ye should get this wan Bobby… *a person that interferes in other folks business.* Ah wid say that's… *a nosy parker.* Whit d'ye think?'

'Right Maw… ah get the message.'

We nivver saw Alice an Billy Paterson again. They sold thur shop an we heard that Alice took a stroke an wis in a wheelchair. The new geezer in the shop is a right laugh an ah gote a paper roond fur a bit o pocket money. Thing is… ah'm no wantin tae spend ma life daein that so ah need tae get a proper joab. Ah'm workin oan a plan.

Jeannie's left the school. She chinged er mind aboot bein a teacher. She wants tae be a nurse noo, helpin the auld folk. She's too young yet tae dae er proper trainin so she's tae go tae a college first. Logan an Johnson Nursin College oan Glesga Green. She's lookin forward tae it an when she finishes that she kin work in a hospital. Ah'll huv a wage by then tae an we kin get married. It'll be a few years yet but we kin wait. We jist huv tae make a plan. Ah like plans. They gie ye somethin tae work fur. Ma four bit yin turned oot well. Maw's well, ah've gote Jeannie an we found Billy. Jist a joab tae find noo an that's it done. Time tae move oan tae the nixt wan… Bobby an Jeannie's life plan. Find joabs, get married, rent a hoose an huv three weans. That'll be dead easy.

Ah cannae wait tae get startit.

BOOK III

Fame and Fortune in The Gorbals

1 | Ructions at the Reilly's

So… here we go again. Anither disaster. Ah thought ma Bobby an Jeannie's life plan wis gonnae be easy an ah hud even startit plannin stuff… then Jeannie made er big announcement. We wur walkin hame fae the pictures when she came oot wi it. Ah felt as if a bomb hud explodit in ma heid.

'Bobby… ma da wants tae meet ye?'

'Eh?'

'Ma da… he wants tae meet ye. He says cos we've been goin oot fur a while he thinks it's time tae get tae know ye. Wid ye be awright wi that?'

'Did ye say *meet yer da*?… ye mean… actually come tae yer hoose… an *meet yer da*?'

'Aye… is that awright?'

'Aye… ah suppose… aye… that's awright…'

Did ah jist say it's awright? Naw! It's no awright! Ah've heard that ees built like a brick shithoose. Ees a welder at the shipyard an they say ees gote haunds like shovels. Ah'm drippin wi sweat at the thought o it. Whit if he disnae like me? Whit if he disnae think ah'm guid enough fur Jeannie? Whit if he says we've tae stoap goin oot? That wid be the biggest disaster yet.

Ah look at Jeannie's face an ah kin see she's disappointit that ah'm no jumpin aboot wi excitement. Ah need tae calm doon.

'That'll be guid Jeannie… meetin yer da. Aye, that'll be guid.'

She's pleased. 'He wants ye tae come fur yer tea the morra night.'

Ah'm panickin but ah try no tae show it. 'That's fine Jeannie.'

Shit! Ah wisnae quick enough. Ah should've said ah hud belly pains an ah wid probably be in ma bed the morra but whit's the point? Ah wid jist be pittin it aff till anither day. Naw… ah've jist gote tae face it.

Ah see Jeannie back tae er hoose. When ah get hame ah fall intae ma bed but ah dinnae sleep a wink. Ah huv a terrible nightmare. In it, ah go tae Jeannie's hoose, but er da disnae let me in. Ah'm bangin oan the door an screamin at the tap o ma lungs. Then Jeannie comes oot an tells me she's finished wi me an ah should *piss aff*. The worst bit is… she's laughin er heid aff. Ah wake up greetin like a wee wean an ah cannae get back tae sleep.

The nixt mornin ah'm like a hauf-shut knife. Ma heid's still buzzin an ah've gote big bags under ma eyes. No a guid start tae a really big day. Ah need tae pull masell thegither so ah make a decision… ah'm gonnae get dressed up, go tae Jeannie's an show er da that ah'm no a drunk or a waster. Nae matter whit it takes, ah'll make sure he likes me.

Ah've tae be there fur hauf five so ah start gettin ready at hauf two. Ah pit oan ma best shirt an tie… then ah take thum aff an pit oan ma pullover… then ah take that aff an pit ma shirt an tie back oan. Ah'm a nervous wreck.

Maw disnae help. She's in ma room, naggin ma heid aff.

'Noo, make sure ye mind yer manners Bobby. Ye need tae

make a guid impression. Watch yer language an remember tae say 'please' an 'thank you' an dinnae slap yer mooth when yer eatin. D'ye hear me?'

'Aye Maw. Ah hear ye.' Ye'd think ah wis six, no sixteen.

'Right,' she says, 'try this oan.'

She hauds up wan o ma faither's auld suits. Is she serious?

'It'll be a bit big fur ye but ah kin sew up the sleeves an the trooser legs an that should sort it.'

Ah try the suit oan an Coco the Clown comes tae mind.

'Maw, ah'm tryin tae get Jeannie's da tae like me, no laugh at me. Ah'm no wearin that.'

Ah take it aff. Ah expect Maw tae go bananas, but she disnae. Ah think she kin see ah look stupit in it. Ah pit ma shirt an pullover back oan. Ah'm ready tae face the music.

When ah get tae Jeannie's it's no jist er maw an da that's there. The place is packed wi hunners o wimmen, sittin oan chairs, aw roond the edge o the room. They look as if thur at a wake. Talk aboot gettin tossed tae a den o lions! Thur's a table in the middle, piled wi food. Ah take wan look at it an start tae feel sick.

Jeannie introduces me tae er maw, Ivy. Like ma Jeannie, she hus a *happy* face. She's no stoapped smilin since ah walked in. Ina, Jeannie's big sister's there. She's gote a wee lassie, Sadie. She's three. Tommy, Jeannie's big brother, is a bruiser o a laddie wi hair doon tae ees shooders. Ees twenty an he plays guitar an sings in a pop group.

This is the bit ah've been dreadin... Jeannie's da, Hugh. He shakes ma haund an jist aboot breks ma fingers.

'So you're Bobby? Been hearin a lot aboot ye, son. Thur's nae need tae be nervous. Ah dinnae bite.'

Ah open ma mooth an ah cannae believe whit's happened tae ma voice. It's aw shaky an ah'm shreikin like a fishwife.

'It's a pleasure tae be here, Mr Reilly... when Jeannie said ah should come ah wis dead excitit so ah'm really, really glad ye invitit me an…' Ah'm a mess. Ah kin feel ma face burnin an ma sweat problem goes nuts. It's drippin aff ma chin. This is a nightmare. Jeannie's da looks me up an doon an then he smiles! Ah wisnae expectin that.

'Ye kin drap the *Mr. Reilly* bit, Bobby. Ma name's Hugh but everybody calls me *Shug*. That okay?'

'Aye Mr Reilly… ah mean *Shug*. That's okay.' Ah'm tryin hard tae stoap shakin. It's no workin. Jeannie whispers tae me. 'Bobby, yer gettin aw worked up. Calm doon an jist be yersell. C'mon, ah'll introduce ye tae ma aunties.' Aw naw… no mair folk. This is torture. We dae a tour o the room an ah'm gettin mair an mair worked up. Thur aw askin loads o questions an ah cannae answer cos ma mooth hus seized up wi fright. Aw ah kin dae is smile at thum. As ah pass roond, thur aw dead nice tae me. Then ah hear thum whisperin behind ma back.

'Whit is she wastin er time wi that wee weed fur?'

'Wid ye look at um! Ah've seen mair meat on a link sausage.'

'That's Ena Muldoon's laddie. Nae wunner he looks sae miserable wi her fur a Maw.'

Crowd o shites.

Ah pray ah kin get this ower wi quickly but ah'm panickin cos we've still tae eat oor tea. We sit doon fur a while then Jeannie's maw tells us tae help oorsells tae the food. Ah start tae panic at the thought o eatin in front o thum. Ah take a bite o a sausage roll but it's dead dry an a big lump o pastry gets stuck in ma throat. Ah start tae choke.

Thur's tears an sweat streamin doon ma face, ah'm coughin an gaggin at the same time an thur aw jist sittin starin at me… naebody moves a muscle. Nixt thing, ah throw up, aw ower Auntie Sadie's feet. Ah try tae get oot quick through aw the folk but the place is that packed ah huv tae shove ma way past. Ah'm trippin ower feet an chair legs an ah lose ma balance. Ah reach oot tae the sideboard tae save masell but ah knock ower a wallie-dug ornament an it comes crashin doon oan Jeannie's cat. The moggie gies a blood curdlin shriek an dives oan Jeannie's Auntie Lily's lap. She starts screamin, grabs it wi baith haunds, an hurls it across the room. The cat's terrified an starts runnin in circles roond the room. Efter a few laps it ends up hingin fae the curtains. It's bedlam. Aw ah kin dae is staund at the door an watch in horror. This is the worst disaster yet.

Ah get tae the lavvie an lock masell in. Whit a great way tae introduce yersell tae yer girlfriend's faimily. They must think ah'm aff ma heid. Ah'm jist aboot in tears when Jeannie knocks the lavvie door.

'Bobby... ur ye ok? Let me in.'

'Naw Jeannie. Jist leave me. Ah'll be oot in a minute...'

'Ah'm no leavin ye. It's awright Bobby. Ah've said ye wur dead nervous aboot meetin thum. They understaund. Let me in Bobby... please?'

Ah let er in an she sits beside me oan the lavvie flair.

'Jeannie... ah cannae breathe right... ah'm a bag o nerves. Ah've... ah've heard o folk... that huv... choked tae death cos they cannae breathe right. Ah think ah'm dyin...'

'Och, Bobby... yer no dyin. Ah'm here noo so jist take a big, deep breath an try yer best tae calm doon.'

Efter whit feels like an age, ah manage tae breathe again. Noo, ah jist feel dead ashamed. Nixt thing, Jeannie's maw an er aunties ur bangin oan the door, askin if ah need a doctor. Jeannie says ah'm fine an ah jist need tae get hame.

We try tae nip oot withoot onybody seein us, but it disnae happen. When we get tae the front door Jeannie's da is there, waitin fur us.

'Jeannie, ah'd like a wee private word wi Bobby. Can ye gie us a minute pet?'

Jeannie leaves me wi er da an the panic starts again. Ah dae ma usual an think the worst. Within a couple o minutes ah've convinced masell ees oot tae get me. Ah imagine um tellin me if ah dinnae treat Jeannie right he'll gie me a *Glesga Smile*. That's where yer mooth gets wider wi the help o a razor blade. Ah couldnae huv been mair wrang.

'Bobby, ah want tae thank ye fur makin ma lassie sae happy. She's been like a wee bird, chirpin aboot the place since she met ye. Yer a smasher, Bobby Muldoon. Aye... a smasher. Oh... an that reminds me... dinnae worry aboot the wallie-dug. Ah've hated the sight o it fur years.'

Whit a relief. Suddenly, ah feel six feet tall. Ah nivver get compliments an ah cannae believe Jeannie's da called me *a smasher*. No the best choice o words efter whit jist happened but ah'm feelin chuffed. Noo ma legs ur like jelly... but in a guid way.

Jeannie walks hame wi me. We wur meant tae stay fur maist o the night but ah spoilt it fur er. The mair ah think aboot the mess ah made, the mair depressed ah get. Ah'm staggerin as if ah'm pissed. When we get tae ma bit ah'm like a wet rag. Ah jist sit oan ma bed fur ages starin intae space. Jeannie hauds ma haund.

'Bobby, there's nae need tae be fed up. C'mon, smile. It's awright.'

'Naw, it's no Jeannie. Ah'm awfi sorry.'

'Dinnae be daft Bobby. It wis jist a wee accident. The sausage rolls wur shite onyway, so ye huvnae missed much.'

'But whit aboot yer Auntie Sadie? Ah puked oan er feet, fur fuck's sake!'

Jeannie starts laughin. Ah'm confused, cos tae me it wis anythin but funny.

'Auntie Sadie's a pain in the neck. She's a trouble maker. They call er the *Gab o the Gorbals*, ayeways talkin aboot somebody. Ah'm no worried er shoes ur ruined.'

'Then yer Da...'

'Aye. Whit did he want? Whit did he say tae ye?'

'He said ah make ye happy.'

'See! Ah telt ye it wid be awright. An by the way... ees right... ye dae make me happy. C'mon Bobby. Let's no sit in an be miserable? Thur's a new film oan at the pictures. If we hurry we'll catch the start? It'll cheer ye up?'

Cheer me up! Aye right! The film wis aboot Frankenstein, experimentin oan folks' brains an ah finished up even mair jittery than ah wis already. It didnae help that ah wis starvin. We left the pictures early.

2 | Big Bella's Ballsup

Ah try tae forget the disaster at Jeannie's, an she does er best tae make me feel better, but ah'm no findin it easy. A week later ah'm still goin ower it aw again in ma heid… the puke, the wrecked curtains, the smashed wallie-dug an the terrorised cat. Ah jist cannae seem tae calm doon.

Maw's no helpin. She's in wan o er moods again. Ah need peace in the hoose but thur's nuthin but drama, as usual. Ah've nae idea whit gets intae er. Wan minute she's right as rain, then, if she's bored wi things bein peaceful, she starts a war. It's as if she gets up in the mornin wi er battle plan aw worked oot. If she's no screamin at Faither aboot ees filthy boots, she's screamin at me cos ah huvnae dried the dishes right.

Noo, it's the neebors' turn. Ah'm surprised ony o them ur still speakin tae er cos every single week she's complainin aboot somethin… this time it's the stuff happenin oan the landin ootside. Dugs barkin, doors slammin an weans droppin sweetie papers. Oot she goes, shoutin an bawlin an arguin wi everybody. Thur wis only wan neebor left that wis speakin tae er, big Bella, fae the first flair. That chinged this mornin.

Maw decidit er hair wis needin done an, instead o goin tae a real hairdresser, she went tae big Bella. Bad move. She's a dug groomer that cuts folks' hair oan the cheap. Maw hud asked er tae dae wan o they *perm* things. She said it wis a *Toni Twink* an it wid gie er hair loads o 'body an bounce'. She wis away fur ages an when she gote in she stood in the livin room, grinnin fae ear tae ear.

'This is ma new look? Whit dae ye think?'

Faither an me jist stood starin at er. Er hair wis jist wan huge mass o frizz, stickin oot aw ower the place. She looked like she'd stuck er finger in an electric socket.

'Maw... did Bella no huv a mirror?'

She's quick tae catch oan. She goes tae the mirror above the sideboard an when she sees the mess it's like a bomb explodin.

'Whit the...! Look at it! It's a bloody mess! Ah telt er ah wantit it bouncy, no fuckin frizzy! Ah've jist flung thirteen an six right doon the drain. Well, ah tell ye... that's her an me finished!'

Whit a state. Faither starts smirkin an ah'm killin masell laughin. Ah cannae haud it in. That gets me a clip roond the ear. Faither does ees usual an tries tae make a bad situation better.

'It's no that bad Ena. It'll mibbe be less... big... if ye wash it? Mibbe it'll go back tae the way it wis?'

'If you huv nuthin sensible tae say, Alec Muldoon, then ah suggest ye shut it. Whit dae ye think the word *perm* means?'

'Nae idea Ena.'

'Well, ah'll tell ye. It's short fur *permanent.* This monstrosity oan the tap o ma heid wis creatit by a *permanent wave kit* an that means ah'm gonnae look like this fur the nixt three months.'

'Ah wis jist tryin tae...'

Maw's gote a scary, '*You ur a stupit eejit*' look an she gies Faither wan. Faither shuts ees mooth quick. Ah try ma suggestion.

'Maw, wid it help if ye ironed it?'

She curls er tap lip up when she's confused. Up it went.

'Whit? Did ah hear that right? Did you jist say ah should iron ma heid?'

'Naw... no yer heid Maw... yer hair. Jeannie does it tae hers an it makes it aw straight an shiny lookin. She pits the bits o hair in between sheets o broon wrappin paper an lies it oan the ironin board an irons it. She says it really works?'

Ah couldnae understaund why she thought ah wis takin the piss. Her eyes wur like slits.

'Ah'm gonnae kid oan ah nivver heard that. Noo, here's anither suggestion... bugger aff!'

When Maw gets in that kinda mood yer better aff oot the hoose so Faither an me make a quick exit doon in the lift an we get cones fae the ice cream van an sit ootside in the sun. It's no very often we get peace tae talk aboot stuff. Maw's ayeways there, orderin us aboot. Tidy up, dae the dishes, pit the rubbish oot. She nivver lets up.

Faither hus been dead quiet fur a few weeks noo. Ees lookin miserable an ees spendin loads o time at the allotment. He comes back wi a big bag o vegetables an she looks in it an says the carrots are skinny an the cabbages should be greener.

If ah wis him ah'd tell er tae stick the carrots where a monkey sticks its nuts but ah'm jist a wee laddie so it's no ma place tae say onythin. Ah jist wish Faither wid staund up fur umsell a bit mair an answer er back. Ah try tae get um tae talk.

'Ur you awright Faither?'

'Aye, Bobby. Ah'm awright son.'

'Ur ye fed up?'

'Whit makes ye think that?'

'It's jist that yer awfi quiet Faither. Ah jist wondered if ye wur fed up.'

Faither sighs an it comes fae ees boots.

'See in the future Bobby... if you an Jeannie settle doon? Dae yer best tae stay as ye are. Dinnae let onythin or onybody chinge ye son?'

'Whit dae ye mean Faither?'

'Whit ah mean is... be yersell, an let Jeannie be who she is an ye'll huv a guid life.'

Ah'm understaundin whit Faither means. Ee's talkin aboot Maw...

'Jeannie an me ur awright Faither... we widnae want tae chinge each ither...'

'That's guid son... ah'm pleased tae hear ye say that.'

We sit quiet fur a while. Thur's loads o weans playin kick-the-can an peevers an we sit an eat oor cones an watch thum enjoyin thur games. The peace disnae last long though. Inside the front door we kin hear a load o screamin an shoutin. Here we go again. As usual, Maw's voice is the loudest. Faither an me go in an there she is, ootside big Bella's flat, doon oan er haunds an knees, screechin through the letterbox.

'Come oot Bella or ah'll kick yer door in! Come oot right noo an ye kin bring ma hair money wi ye. Ah want a refund!'

Bella's no huvin it.

'Shut yer trap, Ena. It's no ma fault yer heid's like a busted mattress. It wis a mess afore ah startit.'

'Wis it buggery. Ye did somethin wrang wi the lotion an ye've left me lookin a right sight! Ye should stick tae poodles an stay away fae human heids! Yer aw talk aboot how guid ye are an ye huvnae gote a clue. Noo get oot here an gie me ma money back!'

'Ah've telt ye yer no gettin it so ye might as well get up the stairs an knit yersell a jumper. The frizz grows oot in a few weeks onyway.'

'Ah'm gonnae tell ye wan last time Bella. Get oot here an gie me ma money.'

'An ah'm gonnae tell you wan last time… nae chance.'

How does she dae it? How does Maw ayeways manage tae start an argument wi folk an finish up no speakin tae thum ivver again. She's an expert at it. Bella wis er best pal.

Nixt thing, Mary Dick appears. She lives across fae Bella an she's a nutcase. She's anither yin Maw disnae get oan wi. Mary's gote three laddies an thur aw jist like thur maw – dead cheeky. Wan day they wur kickin a fitba' up an doon the corridor an Maw loast the heid wi thum. She telt thum tae shift but they jist geid er a load o abuse. Then they called er *Fatso* so she pit a knife through thur fitba'. That wis it. Mary went mad at Maw an they huvnae spoke since.

Mary starts oan Maw.

'See you, Ena. Yer a bloody nuisance. Yer needin tae get yersell a life an stoap harrassin folk.'

That winds Maw up even mair.

'This is nane o yer business Mary, so jist keep yer neb oot.'

Mary's spittin tacks. Nixt thing she shoves Maw oot the road an shouts tae Bella through the letter box.

'Jist ignore er Bella. Ah'm here noo, so ye kin come oot.'

The door bursts opens an Bella staunds in the doorway wi er haunds oan er hips. She gote a dead hairy chin an she looks mair like a man than a wumman but that disnae stoap Maw. She squares up tae er.

'Right you. Look at ma heid. It's like a bush. Ah want a refund.'

Bella shoves er face in Maw's, ready tae huv a go. Jist as Maw raises er haund, Faither steps in. He grabs er by the airm an starts pullin er tae the lift. Maw's shoutin insults an Bella's flingin insults back.

'Ye've no heard the last o this Bella McRory! Call yersel a hairdresser? Yer a joke!'

'Och, away an bile yer heid Ena! Nae hairstyle's gonnae make ye look better onyway! Yer a soor-faced cow!'

Bella hus the last word an we get Maw intae the lift. She's rantin aw the way up tae the hoose! Whit a cairry oan! Thur worse than weans in a playgrund. When we get in Maw does a war dance roond the livin room, shoutin an cursin Bella an er perm curlers, sayin she's gonnae shove thum doon er throat. Then she storms intae the kitchen an starts cleanin the cupboards, mutterin under er breath. She's haulin everythin oot an thur's stuff flyin everywhere, so Faither an me make a quick exit an shut oorsells in the livin room.

'Whit a cairry oan Bobby. When yer maw's no happy wi somethin she explodes like a firework. She gets totally oot o control.'

'Ah kin understaund whit she's sayin aboot er heid though Faither. It's a disaster. Every time ah look at er ah want tae laugh. Ma belly's sair haudin it in.'

Faither starts tae snigger. 'Aye, me tae. It's a right mess eh? Ah think we kin safely say it's a *Big Bella Ballsup*!'

We look at each ither an we totally lose it! We finish up helpless, wi tears runnin doon oor faces. Wur tryin no tae let Maw hear us an that makes us laugh even mair. Noo, Faither's sprawled oan the couch, breathless, an ah'm lyin, flat oan the flair, haudin ma belly.

Faither gets up an goes tae the livin room door. He opens it a wee bit. Thur's nae sound. The crashin an bangin hus stoapped. It turns oot Maw hus disappeared intae the bedroom. That's usually whit she does when she hus a rant an runs oot o energy.

Faither starts makin the dinner an ah gie um a haund. Every noo an again he gies a wee snigger. That starts me aff. Whit a laugh. Guid joab Maw husnae heard us. Faither shouts er fur er dinner but she jist tells um tae shove it up ees arse! Nice Maw!

Later that night, Faither an me ur watchin telly when she yells fae the kitchen.

'Alec! Bobby! Get in here an gie me a haund!'

When we go in, there's Maw, wi er heid oan the ironin board. She cannae move cos everythin's stuck! Thur's a big chunk o hair stuck roond the iron, the iron's stuck tae the broon paper and the broon paper's stuck tae the cover.

She cannae move, thur's smoke comin oot er heid an it's stinkin. She goes mental.

'Dinnae jist staund there! Turn the fuckin iron aff!'

Ah pull oot the plug an Maw staggers tae the table, still attached tae the iron.

'Whit ur ye gonnae dae Maw? Yer gonnae huv tae cut it aff.'

Faither's jist staundin starin at er. Aboot as much use as a chocolate ashtray.

'You pair ur useless. Bobby… get Jeannie! She'll sort it. Get er!'

Ah dive across tae Jeannie's an she runs back wi me. Maw's sittin at the table, still clingin oan tae the hairy iron, whimperin like a wean. Jeannie takes charge.

'Mrs Muldoon, jist sit nice and still and ah'll see whit ah kin dae. Huv ye gote scissors Bobby?'

Ah get the scissors an Jeannie works away at Maw's heid an gets er free. Er hair wis bad afore but it's even worse noo cos thur's a bald patch oan wan side an a great big, frazzled chunk stickin oot the ither.

We gie Maw a cup o tea, laced wi whisky, tae help wi the shock. Jeannie somehow manages tae cover up the burnt bits an she gets Maw's bun back ontae the tap o er heid. It's no quite right… it's aw lopsided… but it's better than it wis. Noo Jeannie's well in wi Maw.

Ah walk Jeannie back tae er hoose.

'Whit a cairry oan Jeannie. It could only happen tae ma maw.'

'Ah feel sorry fur er Bobby. Er heid looks like a giant Brillo pad.'

That starts me aff again an, by the time we get tae Jeannie's door, wur baith helpless wi laughter. Ah walk back, still sniggerin, an ah huv tae sit ootside ma door fur ages tae calm doon. If Maw sees any sign o a smile oan ma face, she'll no be long wipin it aff!

3 | Eckie's Guid Deed

Efter aw the cairry oan ah settle doon an ah start lookin forward tae the Summer. Jeannie's dead excitit cos she's hud word that she's gettin intae the nursin college, Logan an Johnson, oan Glesga Green. She starts in September an she cannae wait. She hus tae go there fur a year an then she kin be a real nurse in a hospital. Ah think she's gonnae be guid at it. She's kind an understaundin an she's no scared o blood. Ah hud a nose bleed wan time an ah wis near sick at the sight o it but she didnae bother. She disnae get queasy, like me.

Ah need tae get work noo an earn some money. Ma faither hus been talkin tae wan o the men at the allotment an he says thur could be a joab comin up wi um, as an apprentice brickie. Faither's told um ah'm keen so ah'm keepin ma fingers crossed. That wid make everythin perfect.

Since the disaster at Jeannie's hoose ah've been gettin tae know er brother, Tommy. We get oan well. Ees gote a best pal, Eric. That's ees real name but ees nickname's *Eckie*. They work thegither, sellin cars. Ah've nivver hud pals afore so ah'm enjoyin hingin aboot wi thum. Oan a Saturday efternoon we aw meet up an go tae Glesga Green fur a game o fitba'. It's no far fae the hoose. We walk along Rutherglen Road, cut doon Moffat Street then ontae Ballater Street an ower the bridge. It jist takes fifteen minutes an wur there.

We huv a kick aroond an thur's usually plenty local laddies turn up so thur's nae problem makin up teams. Ma team aye-ways wins cos ah score aw the goals. Ah'm guid at it. Ah've been playin fitba' since ah wis wee. Ma faither said that fae the minute ah wis up oan ma feet thur wis a ba' at the end o ma leg.

Efter the game we get fish suppers fae the chippie an sit in the park tae eat thum. Eckie an Tommy are baith older than me but thur guid tae talk tae. While wur huvin oor chips we talk aboot loads o stuff… maistly fitba'… an lassies. Eckie seems tae know a lot aboot lassies.

Ees hud loads o girlfriends. Ah'm waitin fur a chance tae get um oan ees ain. Ah want tae ask um aboot a problem ah've gote. Ah cannae talk tae Tommy cos it's aboot me an Jeannie. Oan Saturday Tommy wisnae at the fitba'. He hud sickness an diarrhoea.

Ah wis happy aboot that… ah dinnae mean ah wis happy he hud diarrhoea… ah wis jist happy tae get Eckie oan ees ain tae ask fur some advice. Ah take a deep breath.

'Eckie, dae ye think ye could help me wi sex?' The look oan ees face telt me ah hud dropped a clanger. Ah quickly fix it.

'Whit ah mean is… ah've been strugglin wi the sex thing fur months noo. Every time Jeannie an me huv a winch she gets up dead close an ah get a lump in ma troosers. Ah know whit it is but huvnae gote a clue whit tae dae wi it.'

Eckie bursts oot laughin.

'Fur a start Bobby, quit callin it a *lump in yer troosers*. Yer no twelve! It's a *hard on* yer talkin aboot, right?'

'Aye. A… a hard on. Ah cannae speak tae Jeannie aboot it but ah kin tell she thinks we should be daein mair than jist kissin. Ah'm at ma wit's end Eckie.'

'How long huv ye been goin oot wi Jeannie, Bobby?'

'Six months.'

'An she's still interested in ye? Fur fuck's sake, Bobby! Whit ur ye thinkin?'

'Ah know. Ah really need yer help Eckie. Ah'm desperate.'

'Ok. Dinnae worry. It's easy fixed.'

Ah start tae panic that Eckie's gonnae talk aboot how tae *dae it*. Ah widnae know where tae look. He disnae. He says ees gote an idea.

'Meet me the morra night at the Cross. You and me ur goin oot.'

'Where ur we goin?'

'Dinnae ask questions. Jist meet me at seven. Okay?'

'Okay.'

Ah'm confused cos ah wis hopin he wid help me wi ma problem. Instead, he wants tae go fur a night oot.

The followin night ah wait at the Cross fur um an he drives up in a dead flashy car. Ees gote a guid job sellin cars so ees probably borrowed it fae the garage. Ah get in an we drive off.

'Where ur we goin Eckie?'

'Ah telt ye afore. Dinnae ask questions Bobby. All ah'll say is that by the end o the night ye'll be *very* glad ye came.'

Ah keep quiet an we finish up in Govan. Eckie parks in the street, ootside wan o the auld tenements.

'Right Bobby. Oot ye get.'

'Ur you no comin wi me?'

'Jist relax. Aye, ah'm comin wi ye. Thur's somebody ah want ye tae meet.'

'Who is it?'

'Er name's Vivienne. She's a teacher.'

'Whit does she teach?'

He smiles. 'Biology.'

Ah'm tryin ma best tae make sense oh whit's goin oan but ah cannae. Whit wid ah want wi a Biology teacher? It's gettin weird noo. We get tae the door an Eckie gies three loud knocks. The door opens an staundin there is the ugliest wumman ah've ever seen. She's gote bright yella, dyed hair an she's wearin a wee short leather skirt. Er diddies ur hingin hauf oot er blouse.

She asks us in an we sit doon. The smell o er perfume is disgustin an it makes me lightheided. Eckie introduces us.

'Bobby… meet Vivienne. Vivienne… this is ma pal, Bobby.'

'Very nice tae meet ye, Bobby.' Fuck! Er voice sounds like she's swallied a roll o sandpaper.

This is scary.

'Drink boys?' Vivienne lays oot a bottle o whisky an three glasses.

Eckie staunds up. 'No fur me Viv. Ah need tae go. Bobby… ah'll be back fur ye at hauf nine. Huv a guid night.' An wi that he grins an disappears oot the door.

Noo ah'm really confused. Ah cannae believe Eckie's walked oot an left me… then it clicks. Fuck!

Vivienne sits doon an when she crosses er legs an ah kin jist aboot see whit she hud fur er dinner. Ma heid feels mushy.

'Whit age are ye, Bobby?'

'Ah'll be seventeen nixt year.'

'So yer sixteen then?'

Is she bein funny… or is she jist thick?

'Aye.'

'That's nice. Eckie tells me ye huv a problem? A problem wi sex?'

Aw naw! This cannae happen. No way! Ah get up an make fur the door but Vivienne stoaps me. She takes ma haund an pulls me back tae the couch.

'Bobby, nae need to be nervous. Ah kin help ye. Ye dinnae huv tae dae a thing. Come an sit nixt tae me?'

Ah sit doon an she strokes ma hair. Ah cannae move. Ah'm solid wi fear. She smiles an licks er lips an that finishes me. Ah've ayeways hud a sweat problem but this is the worst yet. It's drippin aff ma chin again. Ah try tae staund up but she pushes me back doon oan the settee an starts rubbin ma knee. Then she starts slidin er haund up ma leg! Ah'm no huvin this.

'Ah'm a virgin!'

She smiles. 'Aye... ah know that Bobby. It's fine. Jist lean back an relax. Everythin's gonnae be jist fine.'

* * *

At hauf nine ah wait ootside the close fur Eckie. Ah'm in a right state. Aw ah kin think aboot is Jeannie an whit she wid say if she knew. Ah telt er ah wis playin fitba' an instead ah wis... if she finds oot she'll be devastatit. Ah've lied tae er fur the furst time an ah'm numb wi guilt. Ah get in the car an ah kin hardly speak. Eckie starts chibbin me fur details.

'Well? How did it go? Did ye enjoy it? C'mon Bobby... spill!'

Ah turn oan um.

'Jist get me hame Eckie. Ah know whit ye wir tryin tae dae, but it didnae work. Ah couldnae handle it an ah telt er ah wis sorry.'

'Whit! Ah paid er guid money an ye backed oot? Whit wur ye thinkin?'

'Ah'll tell ye whit ah wis thinkin. Ah wis thinkin o Jeannie an how ah couldnae let er doon. When ma furst time comes ah want it tae be wi hur, no some floosie.'

Eckie wisnae pleased. 'Whit did Vivienne say when ye knocked er back?'

'She wis awright aboot it. We spent the time talkin aboot sex but no daein it. She explained everythin ah huv tae dae when the time comes. She even let me write things doon in a wee note-book so it wisnae a wastit night. Ah appreciate ye tryin tae help me Eckie. Ah'll pay ye back when ah get money.'

'Ah dinnae want paid back Bobby. Consider it a present. Ah'm jist amazed that ye didnae enjoy yersell when ye hud the chance.'

Fur me, it wis a close shave, but at least ah wis true tae Jeannie so ah'm gonnae keep this tae masell an pit it doon tae experience. Wan thing though… ah wunder whit it would've felt like.

4 | The Music Man

Ah wish ah didnae worry aboot stuff as much. Ah kept thinkin aboot the Vivienne thing an how close ah came tae gettin wan o they sex infections. Ah'm jist hopin ah didnae catch onythin aff er settee. Best no tae keep thinkin aboot it an concentrate oan Jeannie an me.

Oan Tuesday night thur's tae be a party fur Tommy. Ees gote a new joab in London. Ees gonnae be in charge o a big garage sellin dead fancy cars tae famous folk. Ah'm glad fur um but ah'll miss um. Jist when ah thought ah hud a best pal tae. He disnae go till efter the holidays in July though so ah'll still huv ma fitba' pal fur a while yet.

Ah didnae think ah'd get invitit back tae Jeannie's efter whit happened last time, but ah did. She spent ages convincin me it wid be okay an, in the end, ah said ah wid go. It wid gie me a chance tae show er faimily that ah'm no a ravin lunatic. Last time, Mr Reilly said ah wis *a smasher* so ah hud nae reason tae be scared o meetin um this time.

When ah get there it's jist the close faimily. Nae aunties or neebors tae worry aboot. Ah keep masell dead calm. Ah even manage tae eat ma steak pie an trifle withoot chokin. Efter tea, everybody sits in the livin room. Jeannie's maw an da tell funny stories aboot Tommy, Ina an Jeannie when they wur wee. Jeannie's maw is dead easy tae talk tae. She's askin me questions aboot ma faimily an ah finish up tellin er ma life story. Ah tell er aboot the laddies at school makin fun o ma *chicken legs*. Ah tell er aboot ma faither an how he jist pits up wi Maw's crabbit chops. Ah even tell er aboot ma maw an the shock she gote when she found oot er faither wisnae er real faither. Nae idea where it aw came fae but ah think it's cos ah felt dead comfy talkin tae er. She's a guid listener.

Jeannie's maw goes tae make some tea. Ah look aroond the room. Tommy an Ina ur playin draughts an Jeannie's da is huvin a sleep in the chair wi the cat curled up oan ees lap. Jeannie's sittin oan the flair at ees feet. Ah get a warm feelin in ma belly. This is what ah want.

This is the way ah want me an Jeannie tae be when we huv a hoose. This is a *real* faimily. A *happy* faimily. They smile aw the time. Ma faimily's a mess. Ah cannae remember the last time ma Maw smiled at me.

At eight o clock the door goes. It's Jeannie's granny an grandad, Isabel an Jimmy.

Thur a funny lookin wee couple. They look like twins. They've baith got rosy cheeks an mops o grey hair. Ah remember Jeannie tellin me they met when they wur sixteen an they've been thegither fur fifty years.

Jeannie whispers tae me.

'Get ready fur this, Bobby. Granny's losin it a wee bit an she comes oot wi weird stuff when she's in amongst folk.'

It disnae take long. She keeps us goin aw night wi er funny stories an then, right in the middle o a sentence, she starts singin *Nellie Dean* at the tap o er voice. While she's singin, Grandad Jimmy smiles, closes ees eyes an listens. Then, when she's finished, he takes er haund an squeezes it. That, tae me, is real love. Love that hus lasted fur fifty years. Fifty years. That gies me a big lump in ma throat.

Mr Reilly reaches doon tae the side o ees chair an brings oot a message bag.

'Noo Bobby, the Reilly family hus a tradition. In this bag thur's hame-made musical instruments an when we aw get thegither we huv some fun wi thum. Be guid if ye joined in?'

'Ah'd like that, but ah'm no musical Mr Reilly.' Ah cannae bring masell tae call um *Shug*.

'Aw, ye dinnae huv tae be a pop star son. Ina, gie Bobby ma biscuit tin an the spoon.'

Ina haunds me the tin. 'Consider yersell honoured, Bobby. Da disnae let jist onybody play ees tin. Ye must huv the seal o approval right enough.' They aw start clappin at that, an ma face feels as if it's oan fire.

Ah huvnae a clue how tae *play* a biscuit tin so ah wait till aw the instruments ur oot. Combs an toilet paper tae blaw through, tins fu o dried peas tae shake an a washboard tae run a wooden spoon up an doon oan. Grandad Jimmy brings oot ees mooth organ an Jeannie's maw staunds up tae sing.

'Right! We'll sing *The Music Man* so everybody get ready!'

This is mad but it's great fun. When it comes tae yer turn ye huv tae play yer instrument. Then at the end, we aw play as an orchestra.

Whit a racket! Jeannie an Ina ur blawin through the combs, ah'm bangin ma biscuit tin, Tommy an Granny Isabel ur shakin the tins o peas an Mr Reilly is scrapin away at the washboard fur aw ees worth. It's the best fun ah've hud in ages.

At the end o the night Jeannie's da is well oan wi the drink. Ees a Clyde supporter an oot the blue he starts singin the team song. Tommy joins in.

'Oh the Clyde, the Clyde, the Bully Wee Clyde.
The name o it thrills me an fills me wi pride
An ah'm satisfied, what er will betide
The greatest o teams is the Bully Wee Clyde.'

Tommy an ees da start talkin aboot fitba' an ah cannae join in cos ah'm clueless aboot thur team. Ah've kicked a ba' aboot the park since ah wis auld enough tae run but ah've nivver been tae a *real* fitba' match. Faither watches it oan the telly but Maw disnae like um goin tae the games. She says thur aw a crowd o ruffians. Faither disnae argue wi er. Tommy cannae believe it when ah tell um.

'Yer kiddin me Bobby! Ye've nivver been tae Shawfield tae watch the Bully Wee?'

'Whit's the Bully Wee?'

'It means *we're small but brave...* it's the slogan fur oor team, Clyde FC.'

Jeannie's da chips in.

'Right Bobby. Nixt time thur playin at hame, yer comin wi us. If ye huvnae heard the roar o the crowd at a Clyde match, ye huvnae lived.'

Ah dinnae understaund this. Suddenly ah feel a weird excitement in ma belly. Ah'm goin tae watch *real* fitba'. Wait till ah tell ma faither. Ah need tae get this in the bag afore they forget they've asked me.

'So, is thur a game this week ah could go tae?'

Jeannie's da laughs. Mibbe ah'm pushin this too much.

'Clyde ur playin away this week Bobby. See, wan week the game's at hame an the nixt they play away. Ye kin come in a fortnight though. We nivver miss a match.'

'That wid be guid. Ah cannae wait.'

Tommy sees how keen ah am.

'Ah've gote an idea Bobby. Oor cousin, Rab, plays fur Glencairn Juniors. When Clyde ur playin away we go an watch The

Glens. Thur playin against Maryhill oan Saturday? D'ye want tae go?'

'Aye, ah want tae go. Where dae they play?'

'Southcroft Park. It's up the Glesga Road tae Rutherglen. It's no far. We kin meet ye an walk tae the game.'

Jeannie says she wants tae come tae. Ah'm beside masell wi excitement.

At ten o clock the party winds up. Ah get ma jaicket an say *cheerio* tae everybody. Jeannie sees me tae the door. Ah've hud the best day. Things couldnae be better. Or could they? Ah'm jist goin oot the door when Jeannie's Maw stoaps me.

'Bobby, wait a minute. Ah've gote somethin tae ask ye? Wur aw goin tae Rothesay at the fair fortnight? We go every year. It wid be nice fur Jeannie if ye came wi us this time? Wid ye like that?'

Ah want tae jump aroond wi excitement but ah dinnae want tae act like a stupit wee laddie.

'Aye... ah wid really like that. Thanks, Mrs Reilly.'

'That's guid Bobby. Jist check wi yer maw an faither an let me know?'

Ah feel dead grown up. Ah kin play a biscuit tin, ah kin sing the Clyde song, ah'm gonnae be a fitba' supporter an ah'm goin tae Rothesay in three weeks! How guid is aw that?

5 | Fitba' Crazy

The big day comes. Tommy's brought a fitba' scarf fur me an we walk tae Southcroft Park. We go doon Old Rutherglen Road, right through Oatlands, by the Richmond Park. Then we pass Shawfield stadium where the Clyde team plays thur games an up the Glesga Road tae Rutherglen.

We get tae the stadium an ma stomach's churnin wi excitement. We pay oor money tae the wee auld guy an pass through the gates. Faither gave me money fur me an Jeannie so ah'm sortit. We aw buy a strip o raffle tickets. Tommy tells me that, if ye win, ye get a bottle o Famous Grouse whisky. If ah win it ah'll take it hame tae Faither.

When we get intae the park it's heavin wi folk waitin fur the game tae start. Aw ah kin see ur black an white scarves. Whit a sight.

Thur's a hatch at the side o the stadium an Tommy's da joins the big queue.

'Staund here Bobby. This is the *pie shop.* We ayeways get oor cup o Bovril an a pie before the game.'

Ah'm huvin the best time an the game's no even startit yet. Jeannie laughs at me cos she says ma eyes ur poppin oot ma heid wi excitement. We aw staund in oor places an thur's a great big roar when the players come ontae the pitch. Thur aw dressed in black an white striped fitba' strips an they look dead smart.

They dae a wee bit warmin-up afore they start an ah take a note in ma heid whit thur daein. Swingin thur airms roond an roond, bendin doon an touchin thur toes an runnin oan the spot. Tommy is explainin whit's happenin. Ah sip ma Bovril an listen carefully tae whit ees sayin.

'These laddies ur dead fit Bobby. Ye huv tae be tae run aroond a pitch fur ninety minutes. But it's no aw aboot runnin efter a ba' Bobby. When they dae thur trainin sessions, the coach works wi thum oan thur attitude tae. They huv tae huv a guid *fitba brain* an be aware o space an movement. They huv tae anticipate whit the ither team ur gonnae dae so they need tae be alert. Thur's a lot fur thum tae think aboot.

Then, thur's aw the *ball work*. They get trained tae dae headers an footwork, dribblin up an doon the park. They need tae be in control o the ba' at all times.'

Ah think tae masell that *ball work* must be anither name fur *keepy uppy*. Ah'm guid at that. Ah kin keep a ba' up in the air fur ages. Ah've been daein that since ah wis three.

The whistle blaws an the players start runnin, kickin the ba', dodgin aboot, an shoutin tae each ither. Ah look aroond at the crowd. Thur aw staundin roond the park, shoutin fur thur teams, tellin thum whit tae dae wi the ba'. Glencairn scores a goal and the place goes berserk! Ah cannae help masell. Ah'm jumpin aboot like a loonie, cuddlin Jeannie an screamin at the tap o ma lungs.

'C'mon The Glens! Well done boys! Get in there!'

Ah'm no sure if that's whit yer supposed tae shout but ah

dae it onyway an it feels guid. Jeannie laughs an pits er airm through mine.

The game goes oan an suddenly, Maryhill starts tae take control o the ba'. Thur leggin it towards oor goalie an, like a shot oot a gun, thur big centre forward, number nine, dives at the ba' tae heid it but he hits it intae the net wi ees haund. The crowd goes wild cos the referee gies um the goal. Ah'm fumin. Tommy an Jeannie's da ur cursin an aw the folk roond us ur jumpin up an doon. Ah'm no sure if that's cheatin but it's definitely no fair.

The Glens win the match 5–3 an we walk hame happy. Ah didnae win the whisky but ah made a huge decision. Ah want tae play fitba'. Ah want tae get intae that team an play in that park wi that ba'.

Whit a feelin it must be tae wear that black an white strip an run like fuck aroond the pitch wi the crowd cheerin ye oan. Then, if ye score a goal ye get lifted up ontae yer team's shooders an they aw thump ye oan the back an say *well done*. Aye. Ah'm no usually guid at makin decisions but this wan is easy. Ah'm gonnae be a fitba' player… an ah want tae play fur *The Glens*. Thur's a problem though. Aw the laddies in the team ur bigger than me wi muscles oan thur legs. They'll probably laugh at me if ah suggest it. Ah'm jist wee… wi skinny chicken legs.

Ah cannae dae much aboot that though so thur's nae point worryin aboot it. Ah huv tae try. Ah've nivver wantit onythin as much in ma life. Noo ah jist huv tae find a way tae get in.

Ah cannae stoap thinkin aboot fitba'. Fae the minute ah wake up till ah get tae ma bed ah'm thinkin aboot it. The weather's guid so ah play as much as ah can an ah run till ah cannae breathe right. Ah practice dribblin an ball work an ah keep tellin masell that ah huv tae be aware o space an movement. That's a weird yin cos thur's only me there an ah cannae play against masell. Aw ah kin dae is kid oan ah'm playin wi The Glens at Southcroft. The crowd's roarin an ah'm scorin goal efter goal efter goal.

Every time ah dae ma ain wee trainin session at Glesga Green thur's a crowd watchin me. Okay... thur's only aboot six folk but ah still need tae show thum whit ah kin dae. Ah dribble the ba' doon the park at tap speed an crash it through the goal posts. The crowd cheers an that's the best feelin ah've ever hud. These wee chicken legs o mine kin move like lightnin an ah'm gonnae work thum intae the grund till ah get tae where a want tae be... playin at Hampden Park in front o a crowd o twinty thoosand. That's somethin added tae ma action plan.

It's June an it disnae get dark till late so ah'm trainin every night. Trouble is, ah'm no seein as much o Jeannie as ah should be. She says she's missin me. She understaunds that ah'm enjoyin ma fitba' but she keeps talkin aboot oor future so ah need tae concentrate oan gettin a joab. Ah'm still waitin fur word o the brickie apprentice thing an ma faither says ah should hear soon. Noo though, we huv tae get ready fur oor holiday in Rothesay. We leave in three weeks an ah'm dead excitit. Fitba' will huv tae wait till ah get back.

6 | The Day We Went Tae Rothesay-O

Ah've only been oan wan holiday afore an it wis a disaster. We went tae Whitley Bay an Maw complained fae the minute we gote there. She claimed the room wis filthy, the food wis greasy an the landlady wis a nosey cow. Everywhere we went thur wis a problem an she moaned er way through the fair fortnight. Trouble wis, she's gote a voice like a foghorn an everybody could hear er.

'This wis a stupit idea, comin here,' she said. 'The place is hoachin wi screamin weans. Thur daein ma heid in.' That didnae go doon well with the folk aroond us. Everywhere we went we gote dirty looks. Whit an embarassment.

Ah didnae get tae go oan the waltzers at the shows. She said she wisnae spendin hard earned money tae huv me flung aboot till ah wis sick. Aw ah could dae wis staund an watch the weans huvin a great time. Ah wis miserable fur two whole weeks. Ah'm hopin this holiday will be better.

We aw met up at Glesga Central tae get the train. When we

gote tae Rothesay we stayed in a wee bed an breakfast right oan the front, near the beach. The landlady wis nice an the food wis guid tae. We hud a big fry up breakfast every day wi sausages an bacon an black puddin.

Jeannie shared a room wi Ina an Sadie, an ah shared wi Tommy. It wis guid fun. Ees a right laugh an we stayed up hauf the night tellin jokes an stuffin oorsells wi sweets an juice. The weather wis blisterin hot an Jeannie an me went tae the beach every day. We paddled in the sea an collected shells tae take hame. Jeannie said she wis gonnae make a shell lamp. Ye cover a bottle wi plaster, stick the shells oan an then, when it's set, ye paint varnish oan it. She said she wantit tae make it fur oor hoose when we get it.

Ah hud packed ma swimmin trunks but ah didnae huv the bottle tae wear thum cos o ma chicken legs so ah jist rolled up ma troosers. Jeannie hud er bathin costume wi er so she went swimmin an ah jist sat oan the sand an waved tae er.

When ah left, Faither gave me money. He said that cos Mr Reilly paid fur the boardin hoose, ah hud tae treat Jeannie so, every night when we went tae the shows, ah paid fur aw the rides. We whirled roond oan the waltzers till we wur nearly sick, played the slot machines an ate toffee apples an candy floss. At the shootin range ah won a big teddy bear fur Jeannie an we sat cuddlin oan the big wheel... miles up in the sky. Ma favourite thing wis the ice skatin rink. By the end o the fortnight ah wis flyin roond it like an Olympic champion. Ah even mastered skatin oan wan leg wi ma ither wan stickin oot the back. Ah loved it.

The day afore we wur due tae leave we hud wan last skate roond the rink. We wur enjoyin oorsells when we noticed a crowd hud gaithered roond a wee lassie lyin oan the ice. She wis screamin an er haund wis covered in blood. The lassie's maw wis hysterical. Jeannie's a Girl Guide leader an she does the first aid stuff so we skated ower tae see if thur wis onythin we could dae. Ah couldnae believe ma eyes. The wee lassie hud fell flat oan er face an somebody hud skated ower er haund an sliced er pinky right aff. There it wis, lyin oan the ice, oozin blood an naebody hud the nerve tae touch it. Jeannie totally took ower. She shouted fur somebody tae get an ambulance, then she scraped up some ice wi er skates, stuffed it in er glove an pit the finger in it. It wis like a scene fae a horror film.

The ambulance men arrived an Jeannie gave thum the glove. Noo, ye wid think ye wid huv some sort o reaction if ye gote handed a glove wi a finger in it but the ambulance man said Jeannie hud done well an thanked er. Then they pit the lassie oan a stretcher an took er away. When Jeannie explained it aw tae me ah couldnae help but be dead impressed.

'As long as the finger stays cauld an if she gets tae the hospital quick enough, the doctor kin mibbe sew it back oan.'

Ah shuddered at the thought o it an ah wis glad tae get ma skates aff. No sure ah'll be goin skatin again fur a while.

When we telt Jeannie's faimily the story, they wur amazed at how she hud dealt wi it. Then, jist as we wur headin oot tae the chip shop fur oor tea, a newspaper reporter arrived.

'I believe we have a superstar here? Which of you ladies helped a little girl at the ice rink today?'

Jeannie said it wis her an he took aw the details doon in a notebook. Then he asked if it wis okay tae take a picture. Because we wur baith there, he said ah could be in it tae. We couldnae believe it when he asked Jeannie if she still hud er other glove an could she haud it up fur the picture! Whit a sick idea. Jeannie telt um, politely, tae bugger aff. He took a picture o us an left.

Efter oor tea we went tae the hotel oan the front. Jeannie's da bought me a shandy an we settled doon tae listen tae the entertainment. Thur wis a talent competition oan an loads o folk wur gettin up, beltin oot Frank Sinatra an Shirley Bassey. Then they asked me tae take a turn. It must huv been a strong shandy cos ah wis up oan the stage like a shot. The piano player wis in charge.

'Well now ladies an gentlemen, here we have… whit's yer name son?'

'Bobby Muldoon.'

'Okay Bobby. Do you have a song for us?'

'Aye, it's wan ma faither taught me?'

'Excellent… off you go young man!'

Ah could feel the shandy goin tae ma heid an afore ah knew it ah wis haudin a microphone an singin intae it. Ah looked oot an aw ah could see wis dozens o faces… lookin at me. Ma voice wis shaky an dead quiet but ah went fur it onyway.

'As I was slowly passing, an orphans' home one day
I stopped there for a moment, just to watch the children play
Alone a boy was standing, and when I asked him why
He turned with eyes that could not see and he began to cry

I'm nobody's child. I'm nobody's child.
I'm like a flower, just growing wild.
No mummy's kisses and no daddy's smiles
Nobody wants me, I'm nobody's child.'

Ah startit singin the second verse but ah didnae get tae the end o it cos hauf the audience wur greetin. That startit me aff so ah hud tae sit doon. Whit a red neck. We hud a great night though in the end an the piano man called oot the winner o the competition.

'And the winner of tonight's *Stars in Your Eyes* talent competition is… a young man who almost broke our hearts with his song, *Nobody's Child*… Bobby Muldoon!'

Ah couldnae believe it! Ah've nivver won a single thing in ma life, no even a raffle prize. The place went wild an ah gote an envelope wi two shillins in it. Ah wis ower the moon.

The nixt mornin we wur at the train station tae go hame an Tommy bought a *Rothesay Advertiser*. He wis jumpin up an doon wi excitement.

'Look at this you two! Yer in the paper! Yer famous!'

There we wur... Jeannie an me... smilin, oan the front page.... an above oor picture it said:

'*Finger Saved by Woolly Glove*'

It wis a rubbish headline but we bought six copies o the paper tae take hame.

Ah hud the best time ever in Rothesay an ah didnae want tae go hame. Efter spendin two weeks wi really happy folk, ah didnae want tae go back tae aw the misery in ma hoose. Oan the train ah jist sat an stared oot the windae. Jeannie understood an held ma haund. She knew whit ah wis feelin.

7 | Man or Moose?

When ah gote back fae Rothesay ah noticed Faither wis lookin mair miserable than he wis when ah left. Ah kept askin um if he wis awright but he wisnae sayin much back. He said he wis jist tired workin hard at the allotment. Ah spoke tae Jeannie aboot um an she came up wi er best idea yet.

'Bobby, mibbe yer faither needs a chinge? Somethin that makes um feel guid? Ah've hud an idea? Ma Auntie Rena runs a wee drama group an she wis sayin thur lookin fur a jyner tae build thur scenery fur the pantomime at Christmas. Ah think yer faither wid like that. Whit dae ye think?'

'Aye Jeannie. Ees really good at makin stuff.'

'That's whit ah wis thinkin. Should we ask um?'

'You ask um Jeannie. Ees mair likely tae say *aye* if you ask um?'

'Right. Ah will.'

Nixt day Jeannie spoke tae ma faither.

'Mr Muldoon, ma auntie's drama group ur daein a pantomime at Christmas. It's *Jack an The Beanstalk*. Wid ye be interested in makin some scenery fur it? The man that made it last year fur *Cinderella* said he wis a jyner but he wisnae. He wis a taxi driver. He made aw the bits but he didnae join thum up right. When they wur pittin Prince Charmin's castle up wan o the ugly sisters leaned against it an it aw came crashin doon. The lassie playin Cinderella finished up wi three cracked ribs. It wis a disaster. That's how they need someb'dy guid this year. Somebody that's a proper jyner? Somebody like yersel, Mr Muldoon?'

Faither's no very confident an he said he wid think aboot it. Then Maw said he should dae it. That wis a surprise. We thought she wid be pissed aff at um bein oot the hoose a lot but she wis aw fur it.

'Dae it Alec. It'll get ye oot fae under ma feet.'

Faither agreed, Jeannie spoke tae er Auntie Rena an ees been asked tae go tae a meetin wi the man that draws pictures o the scenes. Jeannie says ees called a set designator an ees brilliant. Ah hope Faither gets the joab. It'll cheer um up an gie um a brek fae Maw's naggin.

The following week, Faither came back fae the meetin an he wis grinnin fae ear tae ear. He gote the pantomime joab an ees tae start straight away. When he wis talkin aboot it he wis aw excitit, tellin us that ees gote tae help draw oot aw the scenes an let thum know whit wood an paint an stuff he needs. Ah huvnae seen um smile that much in ages. Ees excitement didnae last long though. Maw did er usual an ruined it. She jist sat there wi er knittin an didnae even look up. Ah felt dead sorry fur Faither at first but then ah gote angry wi um cos he startit tae apologise tae er.

'Ena... yer awfi quiet... ur you awright aboot me takin this joab oan? Ah mean, if ye wid raither ah didnae dae it ah kin tell thum ah've chinged ma mind? Ah'm sure they kin get somebody else?'

Ah couldnae keep ma mooth shut.

'Faither, dinnae be stupit. Maw's already said ye should dae it! Yer a great jyner an thur lucky tae huv ye. Ye've gote tae take it...'

Maw let rip.

'You kin keep yer neb oot fur a start Bobby Muldoon! This is between yer faither an me so shut yer trap or ah'll shut it fur ye.'

Ye dinnae argue wi Maw when she raises er voice. Faither kept apologisin an ah wis gettin mair an mair angry wi um fur lettin er get away wi it.

'But if ye wid raither ah stayed at hame Ena, then ah will. Ah'll only take it if yer happy wi it.'

Ah wis near burstin noo. Is this a man or a moose? Maw laid doon the law... as usual.

'Ye kin take it Alec, but it better no get in the way o yer joabs aroond the hoose. Ah'm no prepared tae dae everythin when yer swannin aff every week tae mix wi a crowd o arseholes that think thur film stars.'

Here he goes again... mair apologies.

'But ah kin still help ye wi the hoose Ena. Ah'll no be oot that long oan a Tuesday night so ah kin get ma jobs done afore ah go?'

'As long as ye remember that. Ye kin take it oan a trial an if the hoose suffers then ye'll huv tae gie it up.'

Gie it up! Over ma deid body. If Faither needs a haund wi the hoosework then ah'll help um. Anythin tae let um keep the joab.

Faither startit the scenery joab an, right away, ah saw ah difference in um. He wis much cheerier an ah even heard um whistlin while he wis daein the dishes. He husnae whistled fur a long time. Ah wis happy that he wis enjoyin umsell an he wid tell me aw aboot the scenery an how he wis makin it. Ees made a giant beanstalk, a wee cottage where Jack an ees maw live, an some huge furniture fur the giant's castle. It's aw bright colours an looks dead real. Whit a clivver faither ah've gote. Ah'm dead proud o um an ah tell um that. He puffs up like a peacock. It's probably the furst time in years onybody's gied um a compliment. Maw takes naethin tae dae wi it as usual. She's no in the least bit interestit but at least she disnae moan when he goes oot every Tuesday night. Ah jist hope that lasts an he makes it tae the week o the pantomime in December.

Ah've only been tae wan pantomime: *Aladdin*. It wis the week afore Christmas. Ah wis aboot twelve an ah wis dead excitit but it wis rubbish. Hauf the actors hud spent the day in the pub an they kept forgettin whit tae say. Every five minutes they jist stood there fur ages wi blank faces. Then thur wis this voice that came fae naewhere shoutin aw the words tae thum. Aladdin wis aboot a hundred years auld an he hud a limp.

Haufway through the first bit the audience wur aw shoutin *Boo! Get aff! Yer shite!* an stuff like that. Thur wisnae even a real magic lamp. They hud paintit an auld china teapot wi gold stuff an when Aladdin wis rubbin it he drapped it, smashin it tae pieces. Course, the Genie wis meant tae appear so that fucked it up. A wee wifie saved the day though. She came runnin on tae help. She mustuv panicked an picked up the first thing she could find cos Aladdin finished up rubbin a tea caddy wi a picture o Santa oan it. It wis a disaster fae start tae finish.

At the end, when the Genie took ees bow, ees false teeth fell oot. They went skitin across the stage an catapulted intae the front row o the audience. An auld geezer picked them up, threw them back ontae the stage and they broke intae three bits. We heard that the Genie wis gumsie fur the rest o the week an naebody could understaund a word he wis sayin. No ideal when ye've paid guid money fur a ticket!

Ah dinnae think they made much that year cos loads o folk

asked fur thur money back. The director guy told thum aw tae bugger aff an thur wis a big punch up ootside the hall. Ah jist hope Faither's pantomime is better than that.

8 | Bobby and the Brickies

It's September, an jist when ah hud lost ony hope o the apprentice brickie joab, ah get it! The allotment man came tae see Faither last night an offered it tae me. Course, ah said yes. Ah'm startin nixt week an that's guid cos Jeannie starts er nursin course then tae. Wur oan oor way noo. We kin start really plannin' fur oor future.

Jeannie spent a week gettin ersell sortit fur college so ah wis oot playin fitba' a lot. Then it wis time tae start ma joab. Ah wis dead excitit. Ah wis tae start oan the Monday an meet the workies' van at the Cross at hauf seven. When ah gote there aw the men wur laughin an jokin an ah wis too scared tae speak tae thum so ah stood back tae wait fur the van. It came screechin up an afore ah knew whit hud happened, they hud aw piled in an slammed the back doors shut. Then they drove away, leavin me staundin oan the pavement. Ah wis panic stricken an didnae huv a clue whit tae dae so ah went hame. Maw wis livid.

'Ur you tellin me that ye jist stood there an ye didnae tell thum you wur the new laddie?'

'They wur aw talkin Maw an ah didnae know whit tae say…'

'Jesus, Bobby… whit a start. Yer furst day an ye've cocked it up.'

'Whit ah'm ah gonnae dae Maw.' Ah wis near greetin.

'Well, ah'll huv tae sort it oot, won't ah? Ye really are a stupit wee shite.'

Maw phoned the gaffer, Mr Dickie, an he said no tae worry. He told Maw it wis his fault cos he forgot tae tell the driver aboot me. Then he said she hud tae send me tae the Head Office and ah could work in the jyner's shop for the day an meet the van the nixt mornin. Ah hated it an at the end o the day ah wis oot o it like a bullet oot a gun. Ah made sure ah introduced masell tae the workies the nixt mornin an that wis the start o ma life as a brickie.

When ah went tae the first buildin joab in Shawlands, ah met ma foreman, Danny. He wis an expert brick layer an a funny, happy man that made learnin ma trade a lot o fun. He geid me guid advice fae the start. First thing Danny taught me wis how tae be a tea boy. Ah didnae realise that makin tea could be sae complicatit.

'Right Bobby. You're *the nipper* an yer the maist important person oan the site cos yer in charge o the tea breks. Furst ye go roond an ask aw the men whit food they want fae the shops. Then ye come back an get the water boilin fur the tea. Here's where ye huv tae get yer timin right. Fill up aw the tea cans… and dinnae forget… ye dae that a couple o minutes afore ye shout *Tea up!* at the tap o yer voice. Then, and only then, dae ye fill up the site agent's tea pot wi the boilin water. That's so it takes longer tae cool doon an the men get another five minutes extra tea brek while ees pot's coolin. If ye make sure that the men's cans are ayeways filled up and waitin fur them when they come in fur thur tea, ye'll get *can money* when they get paid oan a Friday night. If ye dae it right yer can money kin add up tae nearly hauf as much as yer wages.'

Ah worked hard an gote really guid at gettin aw the timin right. Danny wis pleased wi me. At the tea breks ah wid try tae sit nixt tae um cos he hud great stories tae tell. The men called um *have trowel will travel* cos ees built bricks haufway roond the world. Ah loved the stories an Danny made it sound sae guid ah wis awfi glad ah decidit tae be a brickie. He wis a great teacher. He loaned me an auld brick trowel tae work wi an he taught me how tae pick the mortar up the right way an how tae cut a brick wi a brick hammer.

Thur wis wan day ah wis tryin tae cut bricks an ah made a shit joab o it. Ah gote that frustratit ah slammed the hammer doon hard. It wis meant tae land oan the brick but ma thumb gote in the way an it finished up black an blue an looked like a giant plum stickin oot ma haund. It wis agony. Danny bandaged me up an, instead o callin me a stupit prick, he helped me tae understaund whit brick layin is really aboot.

'Listen son… bricklayin is a *gift o the haunds*. Ye either huv it or ye huvnae. It's no like a bit o timber that ye kin knock aboot till it's in position. Wi bricklayin, ye have tae build yer corners right. If yer corners ur wrang then yer walls ur gonnae be wrang. Ye cannae hit yer wall wi a hammer tae make it plumb cos aw the bricks'll sink and go *oot o true*.'

The last thing ah wantit wis *sinkin* bricks so, fae that day, ah wis careful an ah stuck like glue tae Danny. As well as learnin ma trade oan site, ah hud tae go tae the buildin college wan week every month an that wisnae great. It reminded me o school but ah managed tae pick up the learnin quite quick an ah liked the practical work we did, buildin wee walls wi sand lime mortar.

Efter a few weeks ah hud tae go intae Glesga an get ma ain bag o bricklayin tools. Ah wis dead excitit. The gaffer, Mr

Dickie, hud an account in the tool shop so ah didnae huv tae pay. The money wis tae be taken aff ma wages every week till they wur paid fur.

Ah gote ma wage packet every Friday an it wis jist under three pounds a week. Ma can money startit buildin up tae an ah couldnae stoap coontin it. Ah wis floatin oan air.

Noo ah'm a workin man ah kin start savin an marry Jeannie. Fae the day ah met er ah've felt as if ah kin take oan the world. Ah'm definitely totally in love wi this lassie an though she husnae said it… ah kin feel it… she is totally in love wi me. Wur gonnae huv a guid life. She's workin hard at er college an ah'm gettin oan guid wi ma brickie work. We couldnae be happier.

Ah'm no seein as much o Jeannie as ah wid like cos she's at hame, studyin. She's gote er furst college exam at the end o November. Ah suggest she comes tae ma bit tae study an that means ah'll see er mair often. The problem is, ah nivver did ony studyin when ah wis at school so ah'm no sure how it works. She comes roond an wur sittin in ma room.

'Ah'm no sure ah kin help ye study Jeannie. Whit dae ah dae?'

'It's easy Bobby. Ma exam is oan the human skeleton so aw ye huv tae dae is sit there an point tae the bones oan yer body an ah'll tell ye whit thur names ur. Okay?'

'Is that aw? Ah dinnae huv tae say onythin then?'

'Nope. That's it. Right. Start!'

Ah start wi ma collar bone an right away Jeannie says 'That's yer collar bone'. This is easy peasy. Ah point tae ma ribs.

'That's yer rib cage an thurs 12 pairs o ribs there. Nixt.'

Ah point tae ma foot.

'Right Bobby… This is easy tae… ye've gote 26 bones in yer foot. Thur's three main bits. Ye've gote a *forefoot* an that's made up o *phalanges*, or toes, an then thur's five long bones called *metatarsals*. Then ye've gote…'

Ah'm lost noo...

'Aw Jeannie. Ye sound as if ye've swallied a diction'ry. Ah've no gote a clue whit yer talkin aboot.'

'Whit's yer problem Bobby? Ah'm jist gein ye the names o the bones in yer foot.'

'Aye, but how come thur no jist called *feet bones*?'

'They need tae huv names Bobby.'

'Who decidit they need tae huv names?'

'Och Bobby, ah don't know, dae ah? It wis some foreign geezer hunners o years ago.'

'Whit wis ees name?'

'Eh? How dae ah know?'

'Ah bet he wisnae foreign. Ah bet he wis fae Glesga.'

'Noo yer bein stupit.'

'How is it stupit? How dae ye know he wisnae fae Cumnock?'

Jeannie sighs. She's gettin crabbit.

'The names ur aw foreign, so he wis foreign.'

'So, who decidit oan the name *feet* then? That's no foreign. That's a Glesga word.'

'Right Bobby. Ah've hud enough o this. Yer no helpin. Ah kin study better at hame.'

She starts packin er books intae er bag so ah say ah'm sorry an persuade er tae stay. Fur the rest o the night ah help er... withoot bein stupit. She gets it aw done an she's happy. Ah quite fancy daein studyin. Ah think ah'd be guid at it. At the school wan o ma teachers said ah wis a *bright lad.* Then ah overheard um tellin anither teacher whit a waster ah wis. Bloody liar.

Efter Jeannie's exam's over we sit in ma room at night an talk aboot oor work. She tells me that when she's a proper nurse she'll huv tae deal wi deid folk. Ah cannae help thinkin she's a bit young tae be daein that but she says she's lookin forward tae it. Weird.

She wis speakin tae a pal o hers, Irene, an she telt er aboot er first death oan the ward. The nurse in charge took er behind the screens tae teach er how tae *dress* the body an get it ready fur the relatives tae see it. It wis an auld geezer an the poor lassie wis freakin oot.

Jeannie wis aboot tae gie me aw the details o the story but ah hud tae stoap er. It wis makin me feel sick. Ah chinge the subject an start talkin aboot ma joab but, compared tae deid bodies, ah cannae make a brick sound excitin so ah chinge the subject again… tae Christmas. It's only a few weeks away an Faither says ees strugglin wi the pantomime scenery. Ees gonnae huv tae work lots o nights tae get finished in time fur the show. Jeannie an me offer tae go along an help. It disnae matter that we'll only be sweepin up sawdust an makin tea.

The first night we went thur wis loads o folk there. It wis dead excitin. While Faither wis measurin an sawin an paintin the actor folk wur practisin thur lines an wanderin aboot in fancy costumes. Ah think they wur short o lassies in the group cos they hud tae get a man tae play the part o the dame.

At wan rehearsal, the wee laddie that wis daein the part o Jack didnae turn up. The director asked me if ah could read the lines oot the book fur um. Ah wis ayeways a guid reader at the school so ah sat in the circle wi the actors an when it came tae ma turn ah jist read the lines oot. Aw the actors wir goin mental sayin ah wis brilliant an ah should take up actin as a real joab. Ah couldnae see whit aw the fuss wis aboot. Ye jist act natural, read oot the lines, an there ye go. Then the director spoke tae me at the end o the night an said ah should go fur a part nixt year. Ah near fell through the flair. Me? Playin a part in a show in front o loads o folk! Jeannie wis beside ersell.

'Bobby, that's magic! Ye should go fur it. Ye'd be great at actin!'

Ah think ah might jist try fur a part if ah get the chance. If the Director says ah'll be guid at it surely that means somethin? He even said ah sounded dead confident. Ah'm no sure that's true. Ah've spent ma life wishin ah wis better than ah am so ah cannae see me turnin confident noo.

At the rehearsal ah watch ma faither workin away. Ees happier than ah've ever seen um. Ah wish he wis that happy at hame. Maw's naggin seems tae be gettin worse an ees startin tae answer er back, somethin ah've nivver heard um dae afore. Ah'm no sure if it's ma imagination but somethin's no right between thum. Ah think ees fed up wi er bein bad tempered aw the time.

Ah speak tae Jeannie an she says she's noticed it tae.

'Bobby, women o yer Maw's age go through somethin called the *the chinge o life* an ah think that might be why she's like she is.'

'*The chinge o life*? Whit's wan o them?'

'It's *hormones* Bobby. Women huv different hormones tae men an at a certain age thur hormones chinge an they get weird symptoms... ah've studied it oan ma course.'

'So, dae the hormonials make thum aw moody an bad tempered?'

'It's 'hormones', Bobby... an aye... they get red in the face an aw sweaty.'

'That's dead weird Jeannie. Ah'm glad ah'm no a wumman.'

'Ye'll huv tae be patient wi yer Maw till it passes.'

'Ah'm mair worried aboot ma faither Jeannie. Ees the one that gettin it aw the time an ah kin see ees dead unhappy.'

'Ah'm sure yer faither's awright. Ah widnae worry Bobby.'

'Thur's somethin else though...'

'Whit?'

'Huv ye noticed when wur at the pantomime rehearsals, he gets awfi *twittery* when ees speakin tae Maisie Fitzpatrick, the costume wumman?'

'Whit dae ye mean *twittery*?'

'Well, he sits wi er at every tea brek an ees like a stupit wee laddie… up close tae er, laughin an chirpin like a budgie.'

'Och Bobby, that's yer imagination workin overtime. Ees probably jist bein friendly.'

'Naw, it's mair than that, Jeannie. Naeb'dy knows ma faither like ah know um… ah think he fancies er an she definitely fancies him cos she keeps touchin ees knee.'

'Dinnae let onybody hear ye say that Bobby. That's how rumours start an ye cannae be sure thur's onythin goin oan.'

'D'ye know what though? See if thur is… ah widnae blame ma faither. Maw makes um miserable.'

'Naw, ye've gote this aw wrang, Bobby. Him an yer maw huv been married fur years. Yer faither widnae go wi somebody else.'

'Ah'm no sure aboot that. It widnae surprise me. Maisie Fitzpatrick is a guid lookin wumman. She's the exact opposite o ma maw. Blonde an skinny. Ony man wid be interestit in er.'

'Mibbe so, but she's married wi weans Bobby.'

'No sure that makes ony difference. Faither's married wi a wean… me… an it disnae seem tae be stoappin um.'

Jeannie convinces me ah'm no seein straight so ah push it aside an finish sweepin up the sawdust. Ah'm no happy tae leave it though so ah keep a close eye oan ma faither an Maisie.

The following Tuesday night, everybody wis workin hard, gettin the scenery ready fur the dress rehearsal. Ah wis makin tea fur the actors when Jeannie came intae the kitchen an she looked like a ghost.

'Jeannie… ur you awright? Yer awfi pale… whit's happened?'

'Fuck, Bobby… ah'm no sure how tae tell ye this…' She wis shakin fae heid tae toe.

'Whit is it Jeannie. Jist tell me. Did somebody dae somethin tae hurt ye…'

'Naw, it's no that. It's yer faither Bobby...'

'Whit aboot um... is he awright?'

'Well... ah wis emptyin the bin at the back door an... an...'

'Jeannie... jist tell me!'

'Yer faither an Maisie Fitzpatrick wur ootside... an they wur... in a clinch...'

'A clinch? Whit's a clinch?'

'They hud thur airms wrapped roond wan anither.'

Ah cannae believe this. 'Ur you serious?'

'Aye Bobby. Dead serious.'

'Ma faither? Wi ees airms roond Maisie Fitzpatrick? Did they see ye?'

'Ah dinnae thinks so... ah dived back in quick. Whit ur we gonnae dae?'

'Ah huvnae gote a clue, Jeannie. See... it wisnae aw in ma imagination. Ah knew it.'

'Ah think yer right, Bobby. Ah find it hard tae believe Maisie's like that though. She disnae seem the type tae steal anither wumman's man.'

Ah'm gettin sick o aw this. Here's anither disaster an ah've nae idea whit tae dae. Ah kin nivver find quick answers tae problems so ah jist pretend they dinnae exist. Mind you, this is no jist a wee problem. This is a humungous wan!

9 | Faither Bites Back

Ah spend the nixt week losin sleep cos ah dinnae know whether tae talk tae ma faither or tell ma maw. Either way, thur's gonnae be a whole load o trouble. An aw cos ma faither cannae keep ees haunds tae umsell.

Fir the nixt few weeks ah kept ma eye oan Maisie. Everywhere Faither went, she wis at ees heels. Ah hud been lookin forward tae helpin when the show week startit but noo ah wis spendin every night dodgin er. Ah didnae want tae come face tae face wi the wumman that wis gonnae ruin ma life. Ah kept hopin that efter the pantomime they widnae see each ither again an ah widnae huv tae deal wi it. Oan the last night ah couldnae wait fur the show tae end. Then, me an faither could go hame tae Maw an everythin wid be back tae normal. Nae chance.

Ah wis helpin tidy up the dressin room when she walked in.... cool as ye like, actin as if naethin hud happened.

'Hiya Bobby. Ur ye goin tae the after show party?'

'Naw... ah'll be goin straight hame ... wi ma faither.'

'Oh... that's funny... ah've jist been talkin tae um an ees definitely goin. You an Jeannie should come Bobby. It's aye-ways great fun?'

So, ma faither hus it aw worked oot. He'll be wi her aw night, they'll be aw ower each ither an ah'll huv tae sit an watch thum. Ah cannae bear the thought o that.

Ah go tae find Faither. Ah'm aboot tae talk tae um aboot the party but Jeannie stoaps me.

'Bobby... mibbe ye should leave it till anither time? Look at ees face? Ees beamin.'

Faither's in the middle o a big crowd o folk an they're aw clappin an cheerin an tellin um whit a great joab he did wi the scenery.

'Dinnae spoil it fur um, Bobby. Ees worked dead hard fur months.'

Nixt thing, faither comes ower tae us.

'C'mon you two... grab yer stuff. Wur goin tae a party!' Ah wis panickin.

'Faither... should we no jist get hame? Maw'll huv a hairy fit if wur late gettin in.'

'Naw... it's okay Bobby. Ah telt er we'd be a bit later an she wis okay wi it.'

Ah kin tell when somebody's lyin through thur teeth. Thur's nae way he telt Maw he wid be oot hauf the night wi ees *new wumman*. This is a disaster. Noo ah huv tae go tae a party an watch ma faither make a total fool o umsell. Then, when we get hame, Maw's gonnae explode an ah'll huv tae peel er aff the ceilin.

The party wis in the pantomime director's big fancy hoose an it wis heavin. The music wis blarin an everybody wis dancin an drinkin as if the end o the world wis comin. Ah watched Faither like a hawk aw night. He wis gettin drunk an huvin a guid time but he nivver went near Maisie. Mibbe ah hud this aw wrang. Mibbe naethin wis goin oan efter aw. By midnight, folk wur pissed as farts, winchin each ither an disappearin intae bedrooms. Ah've nae idea whit the inside o a brothel looks like but this wis probably close. Then faither decidit tae call it a night.

'Ready tae go Bobby? Let's walk Jeannie back an get hame. It's really late.'

We walked back an faither wis slobberin wi the drink but he wis happy as Larry. Tae be honest he wis happier than ah've ever seen um, sayin he hud enjoyed every minute o the scenery joab an he hoped they wid ask um again nixt year.

We saw Jeannie safe tae er hoose an when we gote tae oor door Faither grabbed ma airm an looked straight at me.

'Bobby… thur's somethin ah want tae say tae ye, son…'

Before he could say anither word, the door burst open an Maw wis staundin there wi a face like thunder.

'Where the hell huv ye been! It's efter midnight! Get yer arses in here.'

Faither staggered intae the livin room an collapsed ontae the couch. Maw sat in the chair opposite um, ready tae let um huv it. He beat er tae it.

'Before ye say onythin, Ena… ah want tae tell ye how ah feel aboot stuff.'

'Whit *stuff* ? Whit ur ye slaverin aboot, ya drunken sod?'

'Well… fur a start, dinnae shout at me. Ah've jist spent months workin ma fingers tae the bone buildin scenery an, dae ye know somethin, Ena? Ah've loved every minute. Ah spent time wi nice, happy folk that appreciated me. Noo… at least let me feel guid aboot that. Bobby agrees wi me, don't ye son?'

'You leave Bobby oot o this! Ah dinnae gie a stuff how good ye feel. Jist hear this, Alec Muldoon. Thur's nae chance ye'll be daein it again if yer gonnae stagger hame pissed at midnight an slobber a load o crap!'

'Thur nice people Ena. Really nice people.'

'Nice people? Huh! Thur a crowd o numpties an a bad influence oan ye.'

Faither sits up straight an tries ees best tae focus. Ees no findin it easy. Then he bites back at Maw for the first time in ees life.

'Ah've only gote wan thing tae say tae ye Ena. Ah've hud enough o bein treated like a wee wean... an... while ah'm at it... see this wee laddie here? Ees the best thing since sliced breed an ye dae nuthin but nag um. Ah'm tellin ye...we've baith hud enough! Things ur gonnae huv tae chinge aroond here!'

Maw's jist staundin wi er mooth hingin open. Faither gets up an staggers tae the door.

'Noo, ah've said ma piece an ah'm goin tae ma bed.'

Wi that, he disappears doonstairs intae the bedroom. Ah'm stunned an Maw looks as if she's gonnae collapse in a heap. Ah'm no sure whit tae say so ah offer tae make er a cup o tea. She jist looks at me wi a weird look oan er face. Then, she turns away an goes intae the kitchen an shuts the door. Ah wait, expectin er tae lose the heid an start er usual ravin. It disnae happen. The place is silent. Aw ah kin hear is the clock tickin. Suddenly, ah feel totally washed oot. Whit a night.

Noo, ah need tae sleep. Lyin in ma bed ah think aboot everythin that jist happened. A big part o me feels sorry fur Maw but ah'm dead proud o ma faither fur stickin up fur umsell at last. Everythin that he said tae Maw is makin sense. Faither hus warned Maw that she hus tae chinge. He knows thur's nae chance o that happenin so that leaves um free tae go wi Maisie. Ah start tae panic. Ah cannae think o life withoot faither. Ees ma best pal an ah cannae bear the thought o um leavin me. If he does ah'll huv tae stay an look efter Maw an that wid ruin aw ma plans wi Jeannie. Ah pull the covers ower ma heid an pray ah kin get tae sleep. Mibbe things will be better when ah wake up the morra.

Nixt day ye could cut the air wi a knife. Maw wis in the huff an faither wis hung ower wi the drink. Ah stayed oot the way an went fur a walk wi Jeannie. She couldnae believe it when ah telt er whit hud happened.

'Ah cannae believe it Jeannie. He wis like somebody had charged um up fae the back an he didnae stoap till he ran oot o battery.'

'Mibbe it wis jist aw the drink made um speak oot? Mibbe it'll be awright Bobby, once he sobers up?'

'Naw Jeannie. It's that bitch Maisie. She's tae blame, She's been workin oan faither fur ages ah bet. Ah hate er.'

'But he wisnae wi er at the party? If thur wis somethin goin oan, they wid huv been thegither? Mibbe this is aw in yer imagination? Ah wid leave it an see how it turns oot.'

'Naw Jeannie. Ah've decidit ah'm gonnae speak tae um an find oot whit's really goin oan.'

'Well, good luck wi that.'

Ah could tell Jeannie thought ah wis wrang but ah didnae care. This wis ma life that wis at stake an ah hud tae fix it.

At teatime the nixt night thur wis nae talkin at the table. It wis weird. Aw ah could hear wis the scrapin o knives an forks oan the plates. Maw usually moans er way through er dinner but she jist ate it withoot sayin a word. Faither tried tae get er tae talk but she wisnae huvin it. Then she gote up fae the table an spoke tae me.

'Tell yer faither ah'm goin tae the Bingo.'

This is stupit. Faither's right nixt tae er an she's askin me tae pass oan a message. Ah dae it onyway.

'Faither… Maw says tae tell ye she's goin tae the Bingo.'

Faither is actin weird. He smiles. 'Tell yer maw that's fine.'

'Maw, faither says tae tell ye that's fine.'

Maw looks confused. Faither disnae usually play this game.

'Tell um ah'll be back at nine.'

'Faither, Maw says tae tell ye she'll be back at nine.'

'Tell er ah'll see er when ah see er.'

'Maw, Faither says...

Maw's face is purple noo. She explodes. 'Right! Enough o this! Ah'm away. Ye kin clear the table an dae the dishes while ah'm oot. Dae ye hear me?'

Faither jist sits an sips ees tea, actin as if he disnae gie a toss.

'Ah dae the dishes every night Ena, so whit's the difference?'

At that, Maw storms oot, slammin the door near aff its hinges. Noo it's me that's confused. Somethin hus happened tae ma faither. He jist isnae umsell an ah need tae find oot whit's goin oan in ees heid. He starts clearin the dishes an ah follow um intae the kitchen. Here goes.

'Can ah talk tae ye a minute Faither?'

'Aye son. Whit's oan yer mind?'

Best tae jist blurt it oot.

'Ah'm a bit worried aboot ye. Ur ye really unhappy?'

'Whit? Dinnae be daft son. Ah'm no unhappy.'

'Ah hate it when you an Maw ur no speakin.'

'Look son, ah think ah said too much last night. Ah let ma drunken tongue run away wi me. Stoap worryin. Ah'll huv a word wi yer maw when she gets back. She'll be in the huff fur a while but she'll come oot o it in er ain time. Ah thought ye wid be yased tae it by noo, Bobby. Yer maw hus a huff at least once a week. She'll be wantin some DIY done an that'll get er speakin again. Trust me.'

'Ah suppose.'

'Jist you concentrate oan yer joab an Jeannie. The pair o ye huv a nice life ahead. Make that the maist important thing Bobby. Yer Maw an me ur awright.'

'Ah jist worry aboot ye Faither.'

'Nae need Son. Yer Maw will come roond. It's er birthday

oan Saturday. Let's concentrate oan makin it a nice day fur er. Okay?'

'Okay.'

Oan Saturday Maw wis still in the huff. She wis dry as a stick wi me an no sayin much tae ma faither. He tried ees best tae make er birthday nice fur er. He cooked a chicken dinner an bought er a cake wi candles. He even wrapped up a nice scarf as a present an bought a bunch o flooers. Naethin worked. She kept up the huff aw the way through the dinner so the day wis ruined. Faither could see ah wis miserable so he suggestit ah asked Jeannie ower tae keep me company.

'Bobby, ye kin see things ur no great between yer Maw an me. Ah'm sorry it's turnin oot a rubbish day fur ye. Why don't ye bring Jeannie roond an ye kin play yer music in yer room an spend time thegither?'

'Right Faither. Ah'll jist check wi Maw tae make sure it's ok?'

'Nae need Bobby. *Ah'm* sayin it's ok. That's aw ye need.'

Whit's happenin here? Faither's no usually the wan that makes the decisions in oor hoose. Maw does that. Noo, it's as if he disnae huv tae get er permission fur onythin.

Ah go fur Jeannie an she brings Maw a wee bottle o perfume fur er birthday. Ah tell er aboot the rubbish day ah've hud.

'Ah've hud a terrible knot in ma stomach Jeannie. Ah really thought ma faither wis gonnae walk oot oan us but ah spoke tae um an he says things ur awright wi him an Maw.'

'That's guid then. Ur ye feelin happier noo ye've spoke tae um?'

'Aye. Ah should huv known Faither widnae let me doon. Ah think everythin's gonnae be awright efter aw Jeannie.'

We hud a nice night thegither an we did whit we ayeways dae... talked aboot oor future thegither.

10 | The Ghosts o' Christmas Past

The night efter Maw's birthday ma faither came intae ma room.

'Ur ye goin tae Jeannie's later Bobby?' He looked fed up tae the teeth.

'We wur goin tae the pictures but, if ye want, ah kin stay in an keep ye company Faither?'

'No, no. You go Bobby. What time ur ye leavin?'

Faither nivver asks aw these questions. Whit's happenin here?

'Ah'll be goin fur Jeannie at hauf six.'

'That's fine. Enjoy the pictures son.' An wi that he turned an went oot the room.

Ah've nae idea whit happened while ah wis at the pictures but it must huv been somethin big… really big… cos, fur the nixt week, Maw didnae nag, moan or complain. She wis different. Ah wis dyin tae know whit Faither hud said tae er that night but it's no the kind o thing a wee laddie asks aboot. That's grown up business. Onyway, whatever it wis, it worked cos the hoose is dead quiet an Faither's much happier.

Ah think ah take efter ma Maw in this... ah'm really nosey. Ah cannae staund it if thur's somethin goin oan an naebody tells me whit it is. So, ah try tae get Faither tae spill.

'Faither, it's dead peaceful in the hoose the noo, eh?'

He jist keeps readin ees paper.

'It is that son.'

Damn. Ah need mair that that.

'Maw seems tae be in a guid mood tae?'

'Aye. She's in a very guid mood.'

Still nae further forward.

'Ah wunder whit's made er sae happy?'

'Nae idea.'

Ah'm like a dug wi a bone noo.

'See, this mornin ah broke wan o the guid china cups. Ah expectit a scud roond the ear but she jist brushed it up an said no tae worry an it wis jist a wee accident? That's weird, eh?'

He pits doon the paper, looks at me... an smiles.

'Well, aw ah kin say Bobby is... enjoy the peace an quiet cos ah'm no sure how long it's gonnae last. It's guid the noo though so we need tae keep it goin. Ah've been thinkin... yer Maw needs a bit o female company. She spends aw er time wi us an nivver goes oot wi ony friends.'

Ah wis tempted tae say that she hud nae friends tae go oot wi an it wis er ain fault cos she's fell oot wi thum aw. Ah didnae say it. Safer tae keep quiet.

Faither's hud an idea.

'Ah'm gonnae invite some folk tae the hoose an that'll mibbe cheer er up.'

'Whit folk ur ye thinkin o Faither?'

'No sure yet Bobby but ah'll think o somebody. It's nearly Christmas an that's the time folk get thegither so leave it wi me. Ah'll sort somethin oot.'

Ah'm really lookin forward tae Christmas noo. Faither

husnae left us fur Maisie, Maw's still keepin er gob shut an ah've gote Jeannie. We even huv a real Christmas tree. Faither came hame wi it last night an he brought coloured lights an chocolate Santas fur it.

Oan Christmas Day ah huv ma dinner wi Maw an Faither same as every year. Faither cooks the turkey an Maw makes the Christmas puddin wi money in it. Last year ah ate three bowls o it an didnae get a scoobie. This year ah hud three sixpences in wan helpin. Ah think Maw did it oan purpose. She's still in a guid mood an we sat at the table an talked aboot the New Year comin in.

Nineteen seventy is gonnae be me an Jeannie's year. Ah kin feel it. Jeannie's passed er first lot o exams an ah'm daein well at the brickwork. Ah've been dead worried aboot ma faither an Maisie Fitzpatrick but noo that's cleared up ah kin get back tae normal.

Efter dinner, Maw suggests we ask Jeannie roond tae watch telly. She says thur's a guid film oan called *A Christmas Carol* aboot a dead mean geezer called Scrooge.

Jeannie comes roond an the four o us watch the film, an eat Christmas cake. Then the shit hits the fan. This time it hud naethin tae dae wi me or Faither. Or so ah thought.

Thur's a knock oan the door. Ah answer it an whose staundin there but ma three fat-arsed aunties, Maw's sisters, Avril, Madge an May. Auntie Avril's hauf-blind an thick as shit in the neck o a bottle, Auntie Madge is no even oan the planet and Auntie May is a sarcastic cow.

Nae idea whit thur here fur cos we huvnae seen hide nor hair o thum since last year. Maw wis in hospital an in they came, takin over, cleanin an movin aw the stuff aroond in the kitchen cupboards. Ah suppose they wur jist tryin tae help but ye dinnae muck aboot wi ither folk's stuff unless they ask ye. An, if ye value yer life, ye dinnae interfere wi Maw's labelled

Tupperwares. By the time they wur finished everythin wis in a different place. Faither loast it wi thum an chucked thum oot. Tae be honest, ah didnae think they wur ever comin back. They must be efter somethin.

Ah let thum intae the livin room an Maw's face is a picture. She makes it quite clear thur no welcome. Ah kin see the *auld Maw* comin back… she's gote a face like fizz. She disnae even ask thum tae sit doon, she jist leaves thum staundin. Then she starts. The crabbit voice is back noo tae.

'Whit ur you three daein here?'

Avril an Madge dinnae say a word but Auntie May does er usual an bites back at Maw. They've done it tae each ither fur years.

'We've come tae wish ye a Merry Christmas, Ena. Nae need tae be rude.'

'Well', says Maw, 'ye've said it. Noo, if ye dinnae mind, wur watchin a film.'

She turns back tae the telly, opens a box o chocolates an stuffs three in er mooth at once. Unbelievable. Jeannie an me jist sit there, cringin. Faither takes ower.

'Come an sit doon an ah'll make ye some tea.' Maw draws um a dirty look. Aye, the *auld Maw* is definitely oan the way back.

'Thanks,' says Auntie May. 'Glad somebody in here hus some manners.'

The three o thum squeeze thur fat arses ontae the settee an when ah look at thum it reminds me o that song: The wan aboot the three craws sittin oan a wa'.

The night goes fae bad tae worse an the stoogies sit an talk aboot everybody's business. Gatherin the Gorbals gossip is a favourite hobby o theirs. Maist folk collect stamps or Toby jugs… they go roond collectin folk's private business then they share it roond aw thur nosey pals. Auntie Avril pipes up.

'How huv ye been Alec?'

'Fine, Avril. Jist fine.'

'Ah heard ye did a great joab o the pantomime scenery?'

'Aye, ah did awright. Ah enjoyed daein it.'

'Aye. So we heard.'

Then Auntie May nebs in. 'Aye, we heard ye gote oan well wi aw the folk there tae.'

Why ah'm ah startin tae feel that this is goin where it shouldnae be goin. Ma stomach starts churnin an Jeannie feels it tae an takes ma haund.

Faither jist chats away, quite the thing. Maw sits fumin.

'Ah did get oan wi the folk. Thur aw nice. Ah'm hopin they ask me again nixt year.'

Maw hus been totally ignorin thum up tae noo but, hearin that, she flinches an moves aroond in er chair. This could get nasty. Auntie May is back in the ring.

'Aye, ah'm friends wi some o the costume folk. Nice folk Alec, eh?'

Naw! No way is this happenin! Is Auntie May aboot cause an almighty row wi er big trap? Naw... ah'm no huvin it... so ah chip in.

'Auntie May, ur ye still servin the school dinners?'

It's as if ah huvnae spoke. She totally ignores me an turns tae er partner in crime, Madge Motormooth.

'You've heard o that Maisie Fitzpatrick wumman, huvn't ye, Madge?'

'A certainly huv,' chirps Auntie Madge, 'She's a bit of a girl, so they say! She's been aroond the block a few times let me tell ye.'

Maw turns the telly up. It's blarin, but it disnae droon thum oot cos they jist start shoutin at each ither.

'Aye!' shouts Auntie May. 'That's whit ah've heard tae! Did *you* hear that Alec, when ye wur workin *close* tae er every Tuesday night?'

Faither sees er gie Auntie Madge a nudge an that finishes um. He gets up oot ees chair an shouts tae Maw.

'Ena, kin ye turn the telly doon please!'

Maw snaps the telly aff completely an sits wi er airms folded. She's fumin' noo.

'Right!' says faither, 'If the three o ye think yer gonnae come here jist tae sit an gossip aboot folk, then ye kin think again. Ah'm no huvin it. Maisie Fitzpatrick is a very nice wumman an ah wid prefer it if ye didnae make oot she's onythin different. Ah gote oan really well wi er.'

Auntie Avril murmurs under er breath. 'Ah bet ye did.'

Faither ignores the sarky comment.

'In fact ah'm goin oot fur a pint wi Maisie's man at New Year. Ye widnae want me tae tell um whit yer sayin aboot ees missus noo… would ye?'

Ah've nivver seen a room empty sae quick.

'C'mon you two,' says Madge. 'Ah kin tell when wur no welcome.'

Two minutes later, the Aunties ur gone, like a flash.

Faither turns the telly back oan an sits doon beside me oan the settee.

'Right. Let's watch the end o the film.'

A wee while later, he turns an whispers in ma ear.

'See that idea ah hud aboot me invitin folk… tae cheer yer Maw up…?'

Ah whisper back. 'Aye… did you …?'

'Aye. Backfired eh?'

Maw clocks us whisperin.

'Whit's goin oan wi you pair?'

'Naethin Maw. Faither wis jist sayin thanks fur the Christmas socks ah bought um.'

Faither winks at me an we watch the end o the film where Scrooge turns fae nasty tae nice. Ah cannae help thinkin that he's a wee bit like ma maw…

11 | The Geezer oan The Green

We get through the New Year celebrations an thur's nae mair drama. Efter the visit fae *the Ghosts o Christmas Past* Maw's back tae keepin er tongue in er heid. Ye kin tell it's no easy fur er. Ye kin see ur takin a big deep breath afore she speaks. It's painful tae watch. Ah've gote tae gie it tae er though; she's tryin an it's aw quiet in the hoose.

Valentine's Day comes aroond an Jeannie an me go intae Glesga tae buy each ither presents. Jeannie gets a nice frock an a lipstick an ah get a bran new pair o fitba' boots. Ah cannae wait tae try thum oot. We buy cards fur each ither tae. Last year, Jeannie wrote a poem in mine so ah wrote wan back this year. Ah hud nae idea how tae write poetry an everythin ah tried sounded stupit. Ah knew it hud tae rhyme so ah managed two lines then ah ran oot o ideas an energy.

At the Barraland we met that night... an noo we're as happy as pigs in shite.

Jeannie loved it ... ah think?

In March, oan ma birthday, ah hud a birthday tea as usual but this year thur wis nae sign o the hame-knitted jumper fae Maw. Instead she bought me fitba' socks tae go wi ma new boots. She's really tryin tae be nice.

Archie ayeways comes tae ma birthday tea. Ees been a guid pal tae ma faither fur years an ees been guid tae me an aw, gein me advice when ah need it. This year he brought Betty, ees wife an her an Maw gote oan like a hoose oan fire. Betty knits fur aw the jumble sales an she asked Maw tae join er knittin group. That wis it. They jist talked knittin patterns aw night while Archie an Faither gote pished oan a bottle o whisky. Jeannie an me spent the night in ma room playin records.

So, noo that ah'm seventeen, ah huv tae start seriously plannin fur oor future. Every week when ah get ma wages, ah pit money aside fur me an Jeannie. Ah've jist gote a wee money tin the noo but ah'm gonnae need a bigger yin soon cos it's nearly fu'. Ah'll jist keep savin up an when we find a hoose then ah'll be able tae pay the rent nae bother. Ah'm happy. Faither's happy tae. Ees busy plannin the plant boxes fur the balcony. He makes thum every year, once the frost goes, an they ayeways look really guid. He plants the seeds in March an by July thur burstin wi flooers. Faither's ayeways hud green fingers.

Jeannie's workin hard at er college. She's been telt thur might be a place fur er at Stobhill Hospital as a trainee nurse when she finishes in June. She needs tae dae three years there then, if she wants, she kin study a special kind o nursin. Ah think she wid be guid workin wi auld folk. She's hud plenty practice wi er Granny Isabel cos she totally loast it in the end.

A month ago, Jeannie's grandad woke up at three in the mornin an er granny wisnae in the bed. He wis panic stricken an called the polis. They found er wanderin roond the streets in er dressin goon an noo she's in an auld folks hame.

We visit er a lot but sometimes she disnae even know us. The last time we went, ah wis Winston Churchill. Whit a way tae end yer days. Sittin in a big leather chair singin *The White Cliffs o Dover* an pickin the bogies oot yer nose. Naw... it's no nice tae watch.

Ah'm still workin wi Danny an the brickies an we move aroond fae site tae site. Ah enjoy it an ah'm feelin guid cos ah'm no *the nipper* ony mair. They've taen oan a wee apprentice called Johnnie an he makes ma tea fur me. Danny says ees gonnae turn me intae a furst class brickie if it kills um an ah believe he will. Ah've built some dodgy corners an hud a few disasters but he says it's aw part o learnin the trade.

When the weather wis freezin ah missed playin fitba' in the park. Noo, ah kin get back oot an ah'm at Glesga Green every Saturday. It's no the same though. Ah miss ma pals. Tommy's still doon in London workin an Eckie gote caught up in some kinda drugs bust at Vivienne's hoose an thur baith in Barlinnie fur the nixt nine months. Stupit eejits. When ah heard that ah couldnae help thinkin back tae the night ah went tae Vivienne's. Ah brought ma wee notebook hame an hid it in a drawer. Then an ah studied it every night fur weeks. Ah think ah know whit tae dae noo but it disnae stoap me sweatin at the thought o it.

The dreaded day came. The first o July. Ah'll no forget that date in a hurry. Maw went tae help at Betty's jumble sale, Faither wis at the allotment an Jeannie an me wur curled up oan the settee, listenin tae the radio. It wis dead cosy an the new Beatles song *Let it Be* wis playin.

We wur baith feelin really happy cos Jeannie passed aw er college exams an gote a place at Stobhill hospital. Ah wis dead proud o er an she wis really excitit. We wur baith oan tap o the world.

Jeannie snuggled right up tae me.

'Bobby... thur's somethin ah need tae tell ye.'

'Whit is it Jeannie?'

'Ah love ye.'

That wis the furst time she said that. Ah looked at er an ah hud this big rush o warm feelins. Somethin ah've nivver hud afore. Ah kissed er.

'An ah love you Jeannie.'

Nixt thing, we wur in ma bedroom... *daein it*! Jist as ma Vivienne notebook telt me tae *dae it*. We baith fumbled aboot a bit but we gote tae the end o it. Trouble is, we didnae huv a *French Letter* so efter it we wur baith prayin Jeannie wisnae huvin a wean. That's no in oor plans till 1974.

We've been oan edge since that efternoon but noo, a month hus passed, an it's awright. Jeannie's no expectin. We need tae be careful though. Wur gonnae be experimentin whenever we get the chance so ah need tae go tae the chemist. Wait till ye see... wi ma luck we'll get a dodgy packet. At tea brek once ah heard the brickie's laughin aboot the factory workers that make the French Letters. Thur's somethin called *The Friday French Letter Surprise*. That's where, at the very end o thur shift, they open the last packet aff the conveyor belt and cut the ends aff aw the rubbers. Ah'm gonnae huv tae try thum aw oan when ah get thum... or mibbe fill thum up wi water... jist tae make sure thur's nae holes in thum.

Ah'm back playin fitba' an ah've startit tae think aboot how ah kin get intae Glencairn Juniors. Jeannie suggests ah go an speak tae er cousin, Rab. Ee's been playin wi thum fur ages an he kin mibbe gie me some advice. Ees away ees holidays till nixt week so ah'll huv tae wait till he gets back but ah'm determined tae see if he kin help me get in. Ah've been watchin as much fitba' as ah can oan the telly an me an Jeannie huv been back tae see Glencairn play at Southcroft Park tae.

When ah watch the players oan the field ah really cannae see that thur's onythin special in whit thur daein. Thur jist runnin fast an keepin oot the way o the ither team, dodgin an dribblin doon the pitch an then kickin the ba' intae the net. Whit's hard aboot that?

Fur the last three weeks ah've been goin tae Glesga Green tae watch the junior school matches. They play there every Saturday mornin an ah watch carefully an listen tae whit thur coach is yellin at thum. Then in the efternoon aw the local laddies come fur a game an ah'm gettin really guid at tactics. Ah kin run faster than thum aw an ah'm the best dribbler, the best at headers an the best goal scorer.

Lately though, ah've been gettin worried. Thur's been a weird, big geezer staundin at the side o the pitch, watchin us playin. Ah tell ma faither aboot um.

'Whit dae ye mean ees *watchin* ye Bobby? Ees mibbe jist a fitba' fan an likes tae see wee laddies huvin a kick aroond the park?'

'But what if ees no faither? What if ees wan o they men that picks up wee laddies an does bad things tae thum?'

'Naw, Bobby. Yer daein it again… lettin yer imagination run away wi ye. Whit does this *weird geezer,* as you call, um look like?'

'Ees dead tall an he wears wan o they big, long coats an a black hat wi a brim. He looks dead posh.'

'Ok. Whit ah'll dae is… nixt time yer aw playin ah'll come an huv a look. If ees there, ah'll find oot whit ees up tae? Does that make ye feel better?'

'Aye faither.That's guid. Ah jist dinnae like the look o um an ah cannae concentrate on ma fitba' when ees watchin us.'

'Right. Forget it the noo. Let's walk tae the chippie. Yer Maw fancies a fish supper.'

12 | Bobby's Big Break

The big, weird geezer didnae come back tae The Green. Ah kin concentrate again an ah jist keep playin fiba' every chance ah get. It's guid practice fur ma trial wi The Glens. Ok, ah huvnae spoke tae Rab yet but ah'm bein positive. Somebody said if yer positive then guid stuff is mair likely tae happen tae ye.

Rab comes back ees holidays an Jeannie says ah've tae go an see um. At ees hoose, ah'm near greetin when he speaks tae me.

'Before Tommy went tae London Bobby, he telt me ye wur a magic wee player. Ah hud a word wi the Glen's scout an he said he wis gonnae try an get a wee look at ye playin. Did he come tae watch ye oan The Green?' Ah start shakin wi excitement.

'Does he wear a long coat an a black hat Rab?'

'Aye, that sounds like him. So he made it then?'

'Aye. He made it.'

'Well, that's guid eh? The Green is the place he goes tae spot new talent. Noo we jist huv tae keep oor fingers crossed an hope he gets back tae ye.'

Wait till ma faither hears whit Rab said. Ah run hame as fast as ma chicken legs kin cairry me. Ah'm tryin tae tell faither aboot the geezer but ah'm twitterin like a budgie.

'Woah! Slow doon Bobby! Whit's happened? Ah cannae tell whit yer sayin son?'

'The weird geezer… the wan that's been watchin us… Faither … Rab thinks it wis The Glencairn fitba' scout!'

'Right. Well then… let's see whit happens eh? Bobby… dinnae build yer hopes up too much son. It's no easy gettin intae a fitba' team an ah'd hate ye tae get let doon wi this? Jist stay calm an wait eh?'

Ah waited fur a week fur news an when it came ah wis shakin like a leaf. It wis happenin! The Glen's coach hud agreed tae gie me a trial! Rab wis asked tae bring me tae a trainin session oan the following Tuesday night.

When we wur walkin tae Southcroft ah couldnae ask um enough questions. Ah wis like a jelly wi excitement. He talked me through whit happens at the trainin an ah understood every word. Everythin he talked aboot, ah knew aboot. Ah hud spent weeks practisin it aw. Ah felt ready tae prove masell.

At the trial ah thought ah did really well. Ah did everythin ah wis asked tae dae. Ah couldnae believe ah wis actually oan the pitch at Southcroft Park, playin wi The Glens. Okay… it wis jist a bounce match but tae me it wis the best day o ma life. Durin the match ah ran aw the ither players oot the park. Nae matter whit they tried, they couldnae get the ba'.

Ah wis determined tae show thum whit ah could dae so ah wis dodgin thum, dribblin doon the pitch an scorin… goal, efter goal, efter goal. They didnae know whit hud hit thum.

At the end o the game, aw the laddies wur sayin how guid a wee player ah wis. Wan o thum even said a wis like a *wee streak o lightnin*. That should huv made me feel guid but it didnae. Ah wis crippled wi disappointment. The coach hud stood watchin me, takin notes in a wee black book an ah thought he wid speak tae me at the end, but he didnae. He jist disappeared.

Rab walked hame wi me.

'Fur fuck's sake Bobby! Ye really showed thum whit ye kin dae oan a fitba' pitch! How dae ye dae it! They didnae staund a chance oot there.'

Ah couldnae smile.

'The coach didnae say a word tae me at the end, Rab. Ah must huv been rubbish.'

'Naw, Bobby. Ye wur stupendous! Cheer up. It's no unusual fur the coach tae make a quick exit at the end o a trial. Ees a busy man. Ye played brilliant so jist wait noo till ye hear somethin.'

Rab tried ees best tae make me feel better but ah wis convinced the coach didnae rate me. Aw ma life ah've struggled tae be confident an this hus totally ruined ony chance o that happenin. Ah hud wan chance tae make somethin o masell an ah ruined it. Ah dinnae believe Rab. Ah must huv been rubbish or the coach would huv spoke tae me. Ah cannae see me gettin ower this… ever.

It takes me three days tae start feelin guid again. Ah stoap playin fitba' an ah sit in ma room a lot. Jeannie an Faither sit wi me an talk aboot ma disappointment an they say ah need tae keep tryin. They say if ah want tae play fur The Glens ah jist need tae keep believin in masell. Thur right. Ah'm no a quitter. Ah've made loads o plans an they've aw worked oot so far… ah've gote a joab, Maw's a chinged wumman, Faither hus confidence in me an ma girlfriend loves me. Whit mair could ah want?

Ah tried tae concentrate oan bein positive an forget the trial but it wis hard. Then Jeannie telt me it wis er birthday oan the Friday an ah felt dead selfish. Ah've been that busy thinkin aboot masell an fitba' again that ah've no been payin er ony attention. Ah make a decision tae gie Jeannie the best birthday ever.

Oan the day o er birthday we huv a party fur er an ah cannae believe it when Maw invites Jeannie's faimily tae the hoose. That's the furst time she's invitit onybody. Ina brings wee Sadie, Jeannie's Maw an Da come, Grandad Jimmy comes efter ees visited Granny Isabel an Archie an Betty ur there tae. We huvnae seen much o thum cos thur gettin ready tae emigrate tae Australia. Betty's sister lives there an she shows us pictures o er hoose. It's huge an she's gote a barbeque an a swimmin pool in the back gairden. How guid wid that be… sausage oan rolls ony time ye fancy thum an a swimmin pool aw tae yersell. Big difference fae the Gorbals baths wi a million screechin weans an nae room tae dae yer breast stroke. Once ah get married an huv weans ah might move there. Think ah'll speak tae Jeannie aboot it. Archie's worried though. He cannae take Skippy wi um. Skippy's ees wee three legged dug an ees a cute wee thing. Ah cannae believe ma ears when ah hear whit Maw hus tae say.

'Archie, dinnae worry aboot wee Skippy. Alec an I kin take um fur ye. Whit dae ye think Alec?'

Faither's gobsmacked! 'Aye… nae bother wi that Ena… we kin huv um…'

Archie is ower the moon an ah cannae wait! Jeannie an me kin take um fur ees walks. Everybody is gettin oan like a hoose oan fire. This is turnin oot tae be a great day. Maw's been bakin an, fur once, the cakes look the way thur meant tae look. We light the candles oan the birthday cake an sing *Happy Birthday* tae Jeannie. Then er Da shouts 'Speech, Speech!'

Ah notice Jeannie is awfi flushed in the face an she looks jittery. She staunds up tae speak.

'Thanks fur ma cake an presents everybody. Noo, ah've gote somethin tae tell ye aw. Bobby… ah think ye should sit doon.'

Aw naw! She's expectin a wean an she's gonnae tell the room fu o folk. Naw! This is ma very worst nightmare... and it's aw ma fault. When ah bought the French Letters ah forgote tae try thum oan. We must huv yased a *Friday surprise*! Ma legs turn tae jelly an ah collapse intae the chair. Ah look at Jeannie an she's even mair jittery noo. Ah haud ma breath an wait.

'Bobby...' Suddenly, she bursts intae tears. This is a disaster. Ah go over tae comfort er an er da gets up an speaks.

'Whit Jeannie's tryin tae say Bobby is... yer rich! Ah let er pick the teams oan the fiba' coupon this week an they came up! Ah promised if that happened ah wid go haufs wi er. Yer minted son! Ten grand between us!'

The room goes berserk! Everybody's huggin us an congratulatin us. Even Maw's goin roond kissin everybody! Faither pours oot the drinks an Maw brings oot er big tray o cakes. We huv a toast. Five grand! Wur gonnae need a tin the size o a dustbin fur aw that!

Everybody's laughin an chattin an enjoyin thumsells. Ah go tae the lavvie an when ah come oot thur's no a sound in the hoose. It's aw gone silent. When ah go intae the livin room who's there but Tommy an Rab. Tommy's hame fae London fur Jeannie's birthday an Rab hus come tae celebrate wi us. Staundin nixt tae thum ur three men... an ah cannae believe ma eyes. Wan o thum's the geezer fae The Green! Whit the fuck is he daein in ma hoose? Rab starts introducing thum as The Glen's Management team but ah'm that excited ah dinnae even hear thur names! Aw ah kin see is a Glen's fitba strip. Ma legs turn tae jelly an ah huv tae sit doon. They speak tae me but ah cannae concentrate cos ah cannae take ma eyes aff the black an white strip. Is this what ah think it is?

'How wid ye like tae wear this Bobby? We've been watchin ye closely fur a while noo. Yer a bloody guid wee fitba' player son. In fact, efter yer trial, coach here called ye a *wee tornado* an says ye've gote the potential tae make a fantastic career in fitba.'

Ah feel as if ah'm gonnae faint. 'Ur ye serious?'

'We certainly are young man.' They aw shake ma haund. 'Congratulations, an welcome tae the team!'

Before ah kin say anither word, Jeannie jumps up, screams at the tap o er voice an flings ersell at me. The room goes crazy again, ah'm numb wi shock.

Ah did it! Me! Robert James Muldoon… wi ma bright red hair an legs like a chicken… ah did it! Ah've fought ma way through aw the disasters an ah've managed tae come oot the ither end. Ah gie Jeannie a big hug. Wur on oor way noo. The hoose an the three weans ur no jist a dream ony mair. Ah know ah'll huv tae work dead hard fur a couple o years wi *The Glens* but one thing fur sure is… ah'm no quittin there. Ah'm headin fur Hampden Park an thur's gonnae be twinty thousand in the crowd, cheerin fur me. That's ma nixt action plan an nuthin's gonnae stoap me.

Ah look ower at ma faither. Ees brimmin wi pride an thur's tears in ees eyes. No only that, him an Maw ur sittin dead close an he reaches oot, takes er haund an squeezes it. Maw squeezes his haund back. Ah've gote a feelin everythin's gonnae be guid fae here.

Maw comes ower tae me an ah cannae believe it when she gies me a big hug. Then she tells me she's proud o me. The best bit though is when she looks straight at me… an smiles. That means mair tae me than five grand an fitba'.

About the Author

Photograph courtesy of Sweet P Photography,
The Write Angle, Falkirk

Kate Donne lives in Dollar, Clackmannanshire with her Welsh husband, Steve. She graduated from the Royal Conservatoire of Scotland with a BA Degree in Dramatic Studies where she was awarded The Charles Brooke Memorial prize, The Arnold Fleming Travelling Scholarship and The Dorothy Innes award for top student. Since graduating, Kate has spent many years involved in the arts and has been a professional singer, a director of musical theatre and an actress in many plays and musicals. For several years Kate has been writing poetry and short stories and her work has been published in various anthologies. She was also short listed in the 2017 Tarbert Book Festival short story competition. As well as running her own personal development consultancy, Kate has spent the last two years writing and publishing the *Bobby Muldoon* trilogy. She is now adapting *Bobby* for the stage and plans to bring the show to audiences throughout Scotland.